COLLECTION FOLIO

Henri Vincenot

La pie saoule

Denoël

A mes ancêtres
grands discoureurs,
grands bataillеurs,
grands mangeurs,
grands travailleurs.

Les télespectateurs ont appris à aimer le visage, l'accent, les gilets brodés du Bourguignon Henri Vincenot, conteur incomparable. Il est né à Dijon en 1912, de vieille souche bourguignonne. Son grand-père maternel, natif de Châteauneuf dans l'Auxois, de son état ferronnier ferrant, fut le premier des Vincenot à se mêler à la grande aventure du chemin de fer. Son père fut dessinateur projeteur de la voie à la compagnie du P.L.M. Henri Vincenot lui-même, après avoir « fait » H.E.C., entrera à son tour à la Compagnie.

Remarqué par Roger Ferlet, alors directeur de *La vie du rail,* Henri Vincenot deviendra pendant plus de vingt ans l'un des principaux collaborateurs de cette revue pour laquelle il signera les célèbres voyages du Professeur Lorgnon, illustrés de ses propres croquis.

Dès 1952, découvert par Robert Kanters, il publie son premier roman chez Denoël, *Je fus un saint,* suivi de *Walther, ce boche mon ami,* en 1954. Puis, en 1956 et 1958, *La pie saoule* et *Les chevaliers du chaudron,* qui lui valurent le Prix Chatrian et dans lesquels il racontait l'épopée des premiers cheminots.

Il écrivit ensuite : *Les yeux en face des trous, A rebrousse-poil, La princesse du rail* pour la télévision en 1969, *Le sang de l'Atlas* en 1974.

Dans tous ses romans, la Bourgogne fut présente mais jamais elle ne le fut autant, jusqu'à *La Billebaude,* que dans *Le pape des escargots.* C'est pour ce roman, paru en 1972, qu'Henri Vincenot obtint le Prix Sully-Olivier de Serres. Enfin, en 1978, avec *La Billebaude,* Henri Vincenot devient un best-seller, et un très large public découvre son œuvre colorée et savoureuse.

PRÉFACE

L'érudit de chemin de fer sait le poids métrique de tous les rails du monde, le nombre de rivets de tous les types de chaudières, il connaît toutes les locomotives avec leur numéro de série, leur nom de baptême, leur date de naissance et la consistance de tous leurs parcours.

L'historien de chemin de fer n'ignore aucune clause des cahiers des charges de toutes les sociétés ou compagnies ayant existé à la surface du globe, il connaît aussi le nom des membres du Conseil d'Administration et possède, dans ses fiches, le procès-verbal de toutes les Assemblées Générales et le bilan de tous les exercices.

Pour l'un comme pour l'autre, l'histoire du chemin de fer est un entassement de noms, de dates, de chiffres, de tonnes et de kilomètres.

Tous deux, lorsqu'ils tentent de colliger leurs connaissances pour nous en faire bénéficier, donnent, à de pures abstractions, un rôle écrasant : C'est « la Commission » qui projette, c'est « le Bureau » qui conçoit, « l'Entreprise » qui construit, la « Compagnie » qui gère, « le Réseau » qui transporte, le

« Gouvernement » qui légifère, et la Cie, la Sté, la Commission, le Réseau, le Bureau réunis forment le monstre par excellence : LE CHEMIN DE FER.

De même que, dans l'histoire-bataille, l'historien ne parle que du Général, nos érudits ferroviaires ne s'intéressent aux hommes que lorsqu'ils sont au moins ingénieurs : c'est Talabot qui construit le pont de Beaucaire, Stephenson qui forge sa « fusée », c'est J.-F. Cail qui, en personne, monte sa série de 45 locomotives numérotées de 1 à 45. Quant à Napoléon III, chacun sait qu'il termina tout bonnement la réalisation du programme ferroviaire de 1842.

Cette sécheresse statistique, d'une part, et cette grotesque simplification, d'autre part, font que, comme l'histoire de France, l'histoire des chemins de fer nous apparaît comme la monstrueuse sécrétion d'organismes anonymes et inertes. On perd de vue ce que sent et pense cette poignée d'humanité représentée par ces initiales : P.O., P.L.M., S.C.E.T.A., S.N.C.F. Il n'est jamais question de celui qui, en définitive, est l'artisan, le bénéficiaire ou... la victime de cet énorme tâtonnement qu'est le progrès apporté par la vapeur et le rail : L'HOMME.

Pourtant, la construction du « chemin de fer » a eu plus d'importance effective, dans les couches ouvrières, que la prise de la Bastille ; elle a plus modifié la structure sociale que la déclaration des « Droits de l'Homme ».

Elle a davantage contribué à modeler la vie familiale, individuelle, que les disciplines philosophiques ou religieuses, et tout cela a beaucoup plus d'importance que le nombre d'éclisses utilisées sur Paris-Le

Mans ou les modifications de numéro de la « Buddicom ».

Le rêve eût été, pour étudier cette question sous l'angle humain, de dépeindre cette évolution sociale, familiale et individuelle, sous forme d'essai. Je n'ai pas osé faire ce travail qui dépasse mon talent et sort de mon registre.

Le roman d'un gars du peuple vivant en 1850 et travaillant à la construction me paraissait être une formule séduisante, accessible à tous et capable de restituer à l'histoire du chemin de fer ce parfum de sueur humaine qui lui manque.

Par chance, pour me guider, j'ai trouvé, entourée d'un ruban décoloré, une liasse de lettres adressées par un de mes oncles à son frère, mon arrière-grand-père, en 1849, 50, 51, 52.

Ces documents m'ont permis de reconstituer cette existence picaresque des premiers cheminots.

Ce n'est pas du Zola — c'est un essai loyal de recréation, dans le cadre d'un roman banal.

PREMIÈRE PARTIE

I

La réunion des hommes se tenait à l'auberge du Glaude Gautherot lorsque le Lazare Denizot vint à passer sur la place, tenant par la main Céline, son amie. C'était l'été, aussi les portes du débit de boissons étaient ouvertes, et la voix des disputants s'envolait jusque sur les friches. — Le Lazare et sa fiancée entendirent en passant quelques phrases : Ces buveurs commentaient de graves événements ; on était en août 1849 et, tant bien que mal, les nouvelles des troubles de 1848 arrivaient à Châteauneuf.

— Pourvu, disait une voix, que ça ne vienne pas jusqu'ici !

— Ça ne viendra pas, répondit le percepteur, puisque c'est fini !

— Fini ? On ne peut jamais dire.

— Pourvu qu'on ne revoie par les horreurs de 1815 et les Autrichiens de Frémont qui m'ont bu toute ma cave après m'avoir à moitié assommé !

Il y eut des rires, puis ce fut le notaire :

— Mes enfants, en Bourgogne, rien ne se passe d'irréparable et on chante ici alors qu'on s'étripe partout ailleurs. C'est un effet du sang. Une bonne table nous met à l'abri des excès de mauvaise humeur qu'engendre la petite cuisine. Laissons les autres s'entre-tuer au nom de tous les principes que l'on voudra et buvons à la santé de la IIe République !

Une voix disait : « La France... »

Les hommes crièrent puis l'aubergiste, un démocrate éprouvé, hurla, de sa voix de futaille :

— J'allons pisser dans des pots de chambre en argent !

Pendant qu'un orateur commençait : « Messieurs, je demande la parole. »

Les deux amoureux qui s'étaient approchés pour entendre se regardèrent. La jeune fille éclata de rire, jolie comme une alouette, mais Lazare haussa les épaules et l'entraîna rapidement sur la route des Bordes. Arrivés sur la terrasse d'où l'on découvre tout le pays d'Arnay, le Morvan et même les hauteurs de la Nièvre, ils ralentirent :

— Lazare, dit la fille, alors comme ça, tu t'en vas ?

— Oui Céline, voilà qu'on construit partout des chemins de fer. Une grande ligne va passer à Blaisy où des hommes creusent un grand tunnel. On dit qu'à Dijon aussi on bâtit un beau débarcadère et à la dernière foire de la Saint-Martin, on demandait par affiche des ouvriers de toutes professions pour les grands centres.

— Ton village ne te suffit donc plus ? demanda la petite.

Lazare eut l'air gêné :

— Si nous voulons nous marier, il nous faut un gagne-pain, dit-il.

— Es-tu sûr d'en trouver un meilleur qu'ici ?

— Les compagnies promettent de bonnes payes.

— Ils promettent, dit Céline, mais tiendront-ils ? Des machines qui traînent des chars à bancs, moi je n'y crois pas.

Lazare s'échauffa et, avec des gestes :

— Tu n'y crois pas ? mais, bon d'là, il y en a un tout près d'ici, pour tirer le charbon d'Épinac jusqu'au canal de Bourgogne ; tu es venue le regarder avec moi pas plus tard qu'à la Sainte-Marie dernière. Tu l'as vu ? oui ou non l'as-tu vu ?

— Oui, je l'ai vu.

— Alors ne dis pas que tu n'y crois pas !

Les deux amoureux se turent. Ils regardèrent à leurs pieds, la cuvette de l'Auxois, puis ce grand horizon de monts sombres. Le village, perché sur son éperon, étalait le brun et le rouge de ses toits autour du château. A droite, on voyait les plateaux tout blancs d'herbes sèches. Devant soi, c'était la ligne des côtes de Bellenot, d'Arconcey, avec ses moulins. A gauche, les montagnes râpeuses de l'arrière-côte, noires comme des dos de sangliers et, dans le creux des vallées, près des eaux scintillantes, des villages que Lazare nommait en les désignant, pendant que, sur le canal de Bourgogne, qui, d'écluse en écluse, gravissait cette barrière de chaînes, on entendait la trompe d'un batelier.

Lazare avait posé son petit baluchon sur le mur et regardait cette immensité de campagne : « Un coup d'œil à droite, dit-il, et je vois l'eau qui file à la Seine, un coup d'œil devant moi et je vois l'eau qui coule à la Loire, un coup d'œil à gauche et je vois l'eau qui coule au Rhône : les trois quarts de la France sans remuer seulement un pied. »

— Tu l'aimes ton Châteauneuf ! lui murmura Céline.

— Oui, répondit le gars en hochant la tête, ça me fait gros chagrin de le quitter.

— Alors pourquoi tu pars ? insista la fille.

— Je suis un maréchal-ferrant et chaudronnier. Ici, on ne fait pas le beau travail que j'ai appris ; moi je veux fabriquer, conduire et tripoter de vraies machines, voilà ce que je ne ferai jamais ici où je ne fais que ferrer les chevaux. Après, je reviendrai te chercher et tu seras enviée.

A ce moment, un grand gaillard déboucha d'un hallier et s'approcha en criant :

— O mon Lazare, te voilà donc parti ?

— Tu le vois, je m'en vais, répondit le garçon, je t'ai fait dire d'être ici à cette heure pour t'embrasser, mon Alexandre.

Ils avancèrent tous trois, Alexandre portant le baluchon et Céline mâchant un coin de son fichu. Ils s'arrêtèrent sur un tertre où s'étalait un gros noyer, à l'abri d'une roche.

Ils ne disaient rien et pourtant chacun avait gros à dire. C'est à ce moment que la pie que Lazare avait apprivoisée vint voleter autour d'eux. En caquetant, elle se posa sur l'épaule de son maître puis, s'étant blottie près de l'oreille, se tint coite.

— Te voilà bien muette, ma pauvre agasse, lui dit Alexandre. C'est le départ de ton Lazare qui te revorche ?

Céline n'attendait que cette occasion pour pleurer.

Lazare se pencha sur elle :

— Céline, m'amie, tu n'es pas raisonnable, lui dit-il, je ne pars au Tonkin ni en Kabylie, bon d'là ! je serai à Dijon, tout à côté et je viendrai souvent. Trente-cinq kilomètres, ce n'est rien pour mes jambes, tu le sais ! Tu resteras à ton travail et, tout par un beau dimanche : Coucou ! c'est le Lazare qui arrive !

— Oui mais ta forge ne clairera plus, ton enclume ne tintera plus avant l'angélus ! s'écria la fille en pleurant encore.

— Céline, dit alors Alexandre, voilà mon seul frère qui s'en va, le plus farceur, le plus vivant, et mon chantier va me paraître bien triste, tout seul, dans les bois — finies les journées de braconne, finies les parties de tarot, les farces et les virées. J'en souffrirai autant que toi, Céline, mais il n'y a rien à lui faire entendre et tu perds ton temps. Il y a six mois que je lui fais la morale.

Lazare l'interrompit :

— Tais-toi, grande bête ! S'il te plaît de rester là à vivre comme blaireau en terrier, moi je veux courir le monde et m'enrichir !

— La vraie opulence, c'est le manque de besoin, dit Alexandre d'un air têtu.

— Chante Cocotte ! ricana Lazare, et arrange ta cuisine dans ton vieux pot, moi je veux une casserole neuve !

— Tu vois la chose avec ton œil, mon Lazare, reprit doucement l'ami, et un maître forgeron ne peut pas laisser construire un chemin de fer sans y aller mettre un peu son nez.

Le jour tombait.

A ce moment, on vit, sur le ruban de route qui courait au-delà de Sainte-Sabine, une grosse voiture tirée par six chevaux galopants :

— Voilà le carrosse, s'écria Lazare, qui met cinq

jours en été et six jours en hiver, pour aller de Paris à Lyon. Eh bien ! en vérité, moi je vous le dis, dans quelque temps on ne mettra peut-être plus que douze heures !

Alexandre, sans répondre, se contenta de sourire.

— Tu peux rire, mon compagnon, c'est aussi vrai que je te le dis !

— La vapeur te monte à la tête, dit doucement Alexandre.

Lazare fut tout de suite sur ses grands chevaux :

— La vapeur ? cria-t-il, mais tu n'as pas compris que depuis l'arche de Noé, rien ne s'est fait d'aussi renversant ! La prise de la Bastille, c'est de la pisse d'âne borgne à côté de ça ! L'invention de l'imprimerie ? Laisse-moi rire ! une belle guigne à côté du chaudron !

— Mais que lui vois-tu donc de si flambant, à ta vapeur ? hasarda le camarade Alexandre.

— Ce qu'elle a ? Mais elle va faire la terre pas plus grosse qu'une nèfle et demain nous irons donner une poignée de main aux Chinois sans même quitter nos sabots.

Céline éclata de rire :

— Ouais, le beau bénéfice d'aller embrasser les magots ! dit-elle.

Une bande de sansonnets s'étira au-dessus des jachères et tout fut silencieux à nouveau.

Les hommes de l'auberge crièrent si fort, à ce moment, que les chevreuils durent les entendre, au fond des bois. Lazare, par-dessus son épaule, regarda le village et dit :

— Écoutez-les. Ils passent leur temps à se saouler de grands mots. Voilà aussi ce qui me chasse d'ici.

Aujourd'hui, nous n'avons pas besoin de discussions d'auberge, ni de parlotes de village, ni de grands mots. Il nous faut des bras. Les bras des gens qui aiment et savent leur métier pour construire quelque chose qui nous fasse honneur !

Il s'éloigna un peu, puis revint :

— Que diriez-vous aussi d'un médecin qui ne se tiendrait pas au courant des dernières pharmacies ? Vous diriez que c'est un Jean-Jean et ce serait ma foi vrai. Et voilà que nos vieilles façons de travailler viennent d'être culbutées par toutes ces inventions et vous me retirez le droit d'aller me renseigner ?

La jeune fille se taisait.

La pie se mit à voleter lorsque l'angelus commença par les trois coups de sa babillarde.

— Allons, il faut partir, poursuivit Lazare. Je vais du côté du progrès, je veux voir ces ateliers où l'on fabrique toutes ces machines, je veux voir tous les chantiers.

Il attrapa alors sa pie par les pattes, et, lui caressant la gorge, s'écria : « Ho Margot ! je te laisse Céline à garder et si tu vois un commis qui la serre de trop près, crève ! Margot, crève-lui le cœur ! »

Là-dessus il tendit l'oiseau à sa fiancée :

— Prends-la, Céline, je te la donne.

La fille empoigna la bête et la fourra sous le pan de son fichu. L'oiseau s'y blottit sagement pendant qu'Alexandre s'écartait pour manger quelques mûres.

Lazare prit alors Céline par les coudes et l'embrassa sur la joue, une bonne fois, car en ce temps-là on ne s'embrassait pas à tout bout de champ comme maintenant, puis prenant son baluchon, il s'arracha de son sol natal comme on arrache la bonde d'un tonneau.

Il cria : « Au revoir Céline ! »

Une voix toute drôle lui répondit : « Au revoir Lazare ! »

Les deux camarades s'embrassèrent, puis, sans dire un mot, le Lazare Denizot dévala le chemin, à grandes enjambées, son baluchon blanc à la main, son sac à outils en biais dans le dos.

Puis il devint de plus en plus petit, tout en bas, dans les grandes friches, alors que le soleil disparaissait derrière les hauts de Saulieu.

Au moment de s'engager dans le bois, Lazare se retourna et on le vit faire un grand signe, puis il disparut.

Céline et Alexandre répondirent par un geste et restèrent encore immobiles.

— Bigre, dit Alexandre, voilà un gars qui pourrait faire parler de lui, dans les ateliers, il est si diablement habile !

La fille, caressant sa pie, ne répondit rien et se mit à sangloter si fort qu'Alexandre la prit par l'épaule, comme pour la soutenir. Il se pencha un peu sur sa nuque et, lorsqu'il respira le parfum de cette chevelure, il eut comme un vertige.

II

Le Lazare Denizot marcha régulièrement sans rencontrer âme qui vive. Il pensait à Céline. La nuit était douce et il avait jusqu'au matin pour faire son voyage, mais c'était un fin marcheur et, sur le coup de deux heures, il était déjà à Sombernon, sur le haut de la Tuilerie. Il croisa des voitures de rouliers, près de la ferme de la Belle-Idée et, lorsqu'il arriva à Mesmont, prit le parti de rejoindre la ligne, qui passait à Mâlain.

Il y arriva au deuxième chant du coq. Tout dormait. Il traversa le bas du village et, le cœur battant, pensa que les chantiers de construction de cette grande ligne Paris-Dijon, qui faisait la fierté et la fortune des Dijonnais, ne devaient pas être loin.

Il montait donc la route d'Ancey, lorsqu'il vit, tout à coup, dans le lait de l'aube, des baraquements et, tout près, la lueur rouge d'un brasier : c'était la forge du chantier.

— Une forge ! murmura-t-il, me voilà à mon affaire.

Il allait s'approcher de l'installation lorsqu'il s'entendit interpeller :

— Holà l'homme !

Un grand diable sortit d'une guérite et s'approcha. A la lumière du brasier sa figure fut visible : il avait une grande moustache noire et tenait à la main un gourdin.

— Au large ! dit-il, on n'approche pas.

— Compagnon, répondit Lazare, je ne veux pas manger tes outils.

— Je ne m'y fie pas, cria la sentinelle, c'est toutes les nuits que des trimardeurs comme toi viennent nous piller !

— Les trimardeurs sont d'honnêtes gens et j'en connais un qui pourrait te corriger, reprit Lazare, qui posait déjà son baluchon et retirait sa blouse.

— Doucement, cria l'homme au gourdin, c'est nous qui allons te rôtir la plante des pieds.

Aussitôt plusieurs hommes sortirent :

— Voilà le chef de la bande, leur dit la sentinelle en désignant Lazare, les autres doivent être cachés dans les buissons. Allons-y les gars, cette fois-ci nous les tenons !

Et, avant que Lazare fût revenu de sa surprise, il fut ceinturé, cravaté, assommé plus qu'à demi. Bientôt, ils furent une trentaine à l'entourer pendant que le reste de la troupe sondait soigneusement tous les buissons.

— Ils se sont ensauvés, dit un contremaître, mais au moins nous en tenons un, qui paiera pour les autres !

Lazare se débattait et jurait qu'il n'avait rien d'un malfaiteur. On allait l'écharper lorsqu'il reconnut un gars de Bouey, maçon de son état, qu'on nommait « le Mal Tué ».

— Voilà un homme qui me connaît, s'écria Lazare, il peut vous dire que je suis un honnête forgeron.

Le Mal Tué le reconnut :

— Diable, mais c'est toi Lazare ! dit-il, lâchez-le compagnons, nous avons couru les filles ensemble et bien qu'il soit un peu chatouilleux et querelleur, je sais que c'est un honnête homme.

— Je venais pour m'embaucher, reprit Lazare, et voilà comme vous me recevez !

Une heure plus tard il suivait la première équipe, pour aller voir de tout près les grands travaux.

Il ne tarda pas à contempler l'animation de tous ces ouvriers autour des magasiniers qui leur distribuaient les outils, puis, lorsqu'il fut perché au-dessus des vignes de Mâlain, dans une friche, il découvrit d'un seul coup un ensemble merveilleux : dans la roche blanche qui affleurait partout, on voyait d'une part la longue tranchée de Lantenay et le remblai de Beuchail et, d'autre part, les deux tunnels et le viaduc de Baulme-la-Roche.

Au travers des hautes friches, dans les espaces calmes d'où l'on apercevait tous les chaînons du massif bourguignon, l'œil suivait une saignée vive, ici en déblai, là en remblai qui, sautant par-dessus les combes, dévalait dans les fonds où la belle eau du pays glissait vers l'Ouche.

« LA LIGNE » bien fraîchement taillée dans le vieux pays s'en allait tout d'une traite, après une belle courbe, vers les vignobles et les champs de cassis et de framboises. Jamais Lazare Denizot n'avait vu une entreprise aussi vaste et il en siffla d'admiration ; et ce fut bien autre chose lorsque, autour de cette chaussée géante qui barrait les monts, les hommes, gros comme des fourmis, se mirent à s'agiter et à grouiller. On voyait les terrassiers s'affairer sur place. Deux courants de tombereaux se dessinèrent alors : les pleins qui prenaient la terre des déblais et la portaient un kilomètre plus loin pour gonfler le remblai de Beuchail et, de là, les tombereaux vides qui revenaient à leur point de départ. Lazare voulut aller voir tout cela de plus près. Il dévala au milieu des éboulis, traversa les vignes et gagna la friche de Lantenay où l'agitation était la plus vive. Au détour des roches, il vit deux trains entiers de wagonnets montés sur rail, qui, traînés par des mulets, passèrent devant lui au petit trot. C'était une merveille. Lazare était pétrifié. L'admiration le retenait immobile, bras ballants et bouche bée, comme une brème.

Lorsque le convoi fut passé, il se mit à trotter à sa suite. Certains wagonnets étaient pleins de cette terre rose mêlée de cailloux blancs, qui donne de si beaux vins. D'autres contenaient des éclats blancs, striés de mauve et de gris, provenant des tailles faites à vif dans la chair des montagnes que Lazare aimait.

Et cette chair, arrachée aux endroits où elle était superflue, était greffée là où le génie de l'homme lui assignait une place nouvelle.

Le convoi, freiné par les conducteurs, arriva au bord du remblai. Sur les rails, les wagonnets se rangèrent bien sagement en bordure du ravin et, un par un, on les fit basculer. Lazare n'avait jamais vu ces engins à l'œuvre, aussi l'étonnement lui fit lâcher un de ces bons jurons bien ronds dont il avait le secret.

Un contremaître qui était là lui expliqua que ces

wagonnets à bascule venaient d'Angleterre et que c'étaient les premiers à être utilisés en France.

Déjà le convoi repartait à vide, pendant que les muletiers excitaient leur bête à grands coups de fouet sonores qui se répercutaient comme un tonnerre dans la combe de Fain.

Lazare était maintenant revenu de ses premiers étonnements. Déjà, il ressentait une espèce de fierté, car, il n'en doutait pas, il allait bientôt mettre sa grosse patte à l'outil, bientôt on allait entendre, dès le petit jour, sa voix de futaille dans ces parages. Il hocha la tête et pensa :

— Ici ce n'est pas avec sa langue, c'est avec ses bras qu'on travaille pour la République.

Passant par les sapins, il remonta au bureau d'embauche et tempêta si bien qu'on l'embaucha sur-le-champ ; naturellement on le mit à la forge et le voilà occupé à faire chanter l'enclume comme savent le faire les gens de Châteauneuf.

Lorsqu'il eut fini sa première journée, il avait encore un reste de vigueur et monta chercher querelle aux gars de Baulme-la-Roche. Il lui semblait qu'il n'y aurait jamais assez de place au monde pour contenir sa force et son courage et, désormais, lorsqu'il voyait se galber la voûte des tunnels, s'élancer les piles des hauts viaducs au milieu des combes sèches, il était aussi heureux que de regarder une belle fille et il s'endormit pour rêver au premier train, à la première locomotive qui lancerait, dans la chaude lumière bourguignonne, le premier panache de fumée.

Tous les jours de nouveaux travailleurs arrivaient des pays voisins, des forêts rocheuses de l'Arrière-

Côte, des bois à charbonnette du Châtillonnais, des monts arrondis du Morvan, des herbages de l'Auxois. on entendait tous les patois de la Bourgogne car la Bresse elle-même envoyait ses gaillards à nez pointu. Entre eux, tous ces gens se comprenaient à peine, aussi s'efforçaient-ils, pour éviter les moqueries et faciliter leur travail, de parler le français que l'instituteur leur avait appris.

Lazare, dont la race était celle des vignerons, n'était pas le dernier à jaser, à plastronner avec bonhomie, à dauber sur chacun, ce qui lui attirait des sympathies bruyantes et des animosités silencieuses, mais tenaces. Mais comme il savait écrire, même ses ennemis venaient lui demander des services. Il rédigeait les lettres des compagnons et, déjà, il bénéficiait du prestige que conférait alors une belle écriture. Aussi, fiérot comme il l'était, il ne manquait pas de s'en prévaloir. Il fallait le voir prendre la plume, lever la main et décrire dans l'air des ronds de bras avant de poser, sur le papier, le paraphe le mieux moulé qu'on eût jamais vu.

Ses camarades, penchés sur lui, le regardaient faire, muets d'admiration, et c'était un honneur pour chacun d'envoyer à la famille une lettre écrite de la main de Lazare Denizot, le forgeron.

Un jour, le chef de chantier fit appeler notre Lazare et lui dit : « Avec l'écriture que tu as, tu pourrais faire une belle carrière dans les bureaux. » Mais Lazare avait bondi :

— Non, merci ! Voyez-vous, chef, ce qu'il me faut, à moi, c'est aller ici et là ; je n'ai pas quitté ma forge et mon village pour m'enfermer dans une prison.

Et il était sorti en sifflotant ·

Le soir, après la soupe, les ouvriers se rassemblaient. Tout en se chamaillant, on parlait de « la ligne » et des trains. La nuit tombait sur les monts, les cheminées des villages, en bas, au fond de la vallée de l'Ouche, fumaient doucement, alors que les roches de la « Combe aux Mammouths » pâlissaient, en haut dans le ciel, et les hommes se figuraient être des sortes de Titans en train de construire un monde.

C'est à ces réunions du soir, avant d'aller se coucher sous les tôles des baraques, que l'on apprenait des nouvelles excitantes. — Ainsi, un jour, un Lyonnais leur annonça que cette grande ligne ne s'arrêterait pas à Dijon, ni à Chalon, mais atteindrait Lyon puis Marseille. — Déjà des tronçons en étaient construits, disait-on. Ce soir-là, Lazare ne s'endormit pas vite. Il pensa qu'une carrière éblouissante s'ouvrait à lui. — Lyon ! Marseille ! il irait là. — Comme beaucoup de jeunes, il se sentait appelé par tous les pays qu'il ne connaissait pas et il pensait que là seulement il trouverait fortune.

En frisottant sa jeune moustache roussaude, il pensa : « Vrai, j'ai du sang de trimardeur dans les veines ! »

Le vertige de la jeunesse bourdonnait dans sa tête. — Non loin, une rixe venait d'éclater entre un bourrelier et un maçon. On entendait le bruit de la querelle mais, tout à coup, une voix cria : « A moi les goujats ! » Dès lors, de toutes les baraques sortirent les compagnons maçons qui couraient à l'aide de leur camarade. Tous les bourreliers en firent autant de leur côté. Lazare les laissa bien se colleter un instant, mais au bout d'un moment il eut des picotements dans les jambes. Il tenta de se boucher les oreilles, se roula dans sa couverture et ferma les yeux, mais il s'aperçut bientôt qu'il ne pouvait plus résister à la tentation d'aller voir ce qui se passait ; alors, d'un seul bond, il se leva et courut au plus épais de la mêlée, donner un coup de main aux bourreliers qui, en minorité, cédaient petit à petit.

La nuit brillante d'étoiles était douce et parfumée et les chevaux du camp s'ébrouaient à grand bruit en regardant ces grands diables se battre.

III

A Châteauneuf, on se doutait bien que quelque chose de très grand se construisait là-bas, du côté de l'est, et les messagers qui faisaient la navette entre Dijon et Arnay, au pas lent de leur alezan, racontaient ce qu'ils voyaient tout le long de la route, mais jamais personne n'avait imaginé l'ampleur des travaux, ni la quantité de pierre et de terre qu'il fallait remuer pour lancer cette grande voie ferrée en travers du pays.

Lorsque Lazare revenait au village, il avait beau leur dire : « Pour creuser la tranchée de Lantenay, il a fallu déplacer 400 000 mètres cubes de roche et de caillasse, et les porter sur les remblais de Beuchail et de Velars », les hommes hochaient la tête sans bien comprendre et Lazare se fâchait :

— Les ingénieurs qui imaginent ça sont des hommes, moi je vous le dis, et on parlera de « nous autres » dans les livres d'histoire de France ! Tenez, à Neuvon... »

Et il racontait des incidents de travail, de terribles histoires d'explosion et d'éboulement, il exposait, à sa façon, les problèmes de nivellement et de maçonnerie, avec une telle chaleur que Céline lui disait, le soir, alors qu'il s'asseyait près d'elle, sur le mur de la Communauté : « Te voilà pris par *ton* chemin de fer, tu l'aimes mieux que moi ! »

Il riait d'étonnement d'entendre cela et répondait :

— Ouais ! c'est pourtant pas demain ni jamais que j'irai coucher avec une locomotive !

Et Céline rougissait, car les filles rougissaient dans ce temps-là. Alors Lazare devenait plus tendre, un peu plus brutal aussi, pour masquer son émoi et ils suivaient la route de la Grande-Vendue. Car c'était par là que Lazare retournait à Mâlain. Céline l'accompagnait jusqu'au petit bois puis il s'élançait dans la direction de l'est, marchait toute la nuit et arrivait au petit jour pour prendre le frappe-devant et ceindre le tablier de cuir.

Un soir, alors qu'ils venaient de se quitter, on vit glisser une ombre derrière les noisetiers qui bordent la friche. C'était un homme qui se repliait tout doucement vers le village en suivant le bord des roches. Il marchait sans bruit et, du haut de son perchoir, regardait Céline qui, au fond du vallon, suivait la petite route à pas lents.

Il la suivit ainsi jusqu'au droit de la Grange-Garnier puis, brusquement, se jeta dans les ronces et les éteules, sauta le mur de chènevières et, d'un bond, se trouva devant Céline qui poussa un petit cri de frayeur.

— C'est toi Alexandre ! dit-elle, lorsqu'elle l'eut reconnu.

— C'est moi, dit l'autre gauchement, j'allais poser mes collets du côté de Saint-Clément et voilà que je te rencontre.

Ils restèrent un moment silencieux :

— Je viens de reconduire Lazare, dit enfin la fille qui avait du mal à retenir sa pie, blottie sous son aisselle. L'oiseau criait d'une façon bizarre.

— Tiens-toi, Margot, lui dit Céline, tu le reconnais : c'est Alexandre.

Puis, s'adressant au sabotier :

— Depuis le départ de Lazare, on ne te voit plus au village.

— Avec Lazare, c'est mon dernier ami qui est parti. Moi, je ne veux pas les suivre, je reste ici à faire mes sabots, mais je n'ai plus de plaisir à descendre au pays.

— Tu pourrais au moins venir nous voir, nous autres les filles, nous ne voyons plus un seul garçon.

Il n'osa pas lui dire que, caché derrière les halliers, il passait ses journées à l'épier, à la dévorer des yeux, alors qu'elle était occupée aux moissons ou à couper des œillettes, dans les champs. Il répondit en riant :

— J'ai d'autres chiens à fouetter que d'aller fleureter avec les filles.

Pourtant, presque oisif depuis bientôt un mois, il n'avait pas taillé trois paires de sabots. Hanté par le souvenir de cette soirée où il avait soutenu Céline sanglotante, il ne trouvait de courage à rien. On le savait au village, et les gens disaient : « Cette année, notre sabotier n'est pas venu nous aider aux moissons, il a laissé récolter les navettes sans même prendre la faucille, comme l'an passé. Notre sabotier serait-il amoureux ? »

— Mais quand Lazare est là, le dimanche, il t'attend et ne te voit pas venir, dit la fille.

— J'ai du travail par-dessus la tête, répondit le gars.

— Mais il monte à ton chantier, trouve ta maison vide, il bat les brousses, fouille les taillis, t'appelle, te crie partout et revient bredouille.

— C'est que..., dit-il.

Alexandre devint drôle.

— C'est que... ? reprit Céline.

— C'est que je ne suis peut-être pas d'accord avec lui !

— Pas d'accord ?

— Non. Je pense qu'on n'abandonne pas une jolie petite caille comme toi. Voilà ce que je pense.

Céline fut tout interdite. Jamais le doux Alexandre n'avait critiqué le beau Lazare. Il se reprit un peu pour dire, en boudant :

— Il quitte le village comme s'il nous dédaignait.

— Va ! te voilà marri d'avoit perdu ton conscrit. Je te pardonne ce que tu viens de dire.

Il allait lui dire : « Ah ! Céline, je crois qu'il ne t'aime guère, c'est un flambard. » Mais à ce moment la pie s'élança d'un bond et se mit à voleter en poussant des cris de colère. Alexandre se souvint de la voix de Lazare : « Et si un galant la serre de trop près, Margot, crève-lui le cœur », et il se contenta de hocher la tête d'un air bonhomme : « Non, Céline, la vérité c'est que je me suis donné un grand travail, je ne te dirai pas ce que c'est, tu le verras et tout le village le verra lorsque j'aurai terminé, et alors tout le monde dira que le sabotier Alexandre n'a pas besoin d'aller aux cinq cents diables pour faire des merveilles. »

Céline pensa : « C'est une maladie, voilà

“ Alexandre des bois ” qui a, lui aussi, la folie des grandeurs ! » Elle lui dit :

— Je me demande ce qu'un sabotier peut bien faire en cachette pour étonner le monde ?

— Tu le sauras, Céline, je te le montrerai d'abord à toi, toute seule, dit-il en grande confidence, mais pas avant que j'aie obtenu satisfaction dans le fini de mon ouvrage.

La pie continuait à voleter autour de lui. On aurait dit qu'elle l'attaquait vraiment. Il faisait des gestes pour s'en défendre et disait : « Regarde-la, ta grande charogne, elle va me crever la vue ! »

Et Céline riait : « Elle me défend contre les grands jaloux ! » Son joli petit rire sonnait clair dans le creux de la combe. Sa curiosité devait être éveillée car elle lui dit d'un air câlin : « Dis, Alexandre, dis-moi ce que tu mijotes de si joli. » Alors lui, déjà retourné, répondit : « Tu verras, ma curieuse, tu verras, mais ça vaudra bien une machine locomotive ! » — Puis, ayant lancé ce trait qui disait assez sa jalousie, il s'agriffa des deux mains à la roche, fit un rétablissement et, s'accrochant aux coudriers, disparut dans le noir du hallier, laissant Céline tout étonnée et, au fond, ravie d'être ainsi jalousée.

Si elle avait suivi le sabotier, elle l'aurait vu monter à grands pas vers sa maisonnette, entrer dans son antre, ouvrir la porte de l'appentis et, le regard tout drôle, contempler, à la lueur d'une lanterne qu'il venait d'allumer, un peuple de petits personnages, hauts comme des bouteilles, alignés sur un rayon. Sur un établi, des gouges et des ciseaux traînaient parmi des copeaux et un quartier de bois, serré dans l'étau de sabotier, semblait attendre, déjà ébauché, qu'une fée lui donnât la forme. Tous ces personnages étaient étranges, irréels, modelés dans le beau bois de nos forêts ; la lueur de la chandelle en faisait ressortir les plis, les gestes, les rides : on aurait cru voir tout ce petit monde s'agiter à la lumière dansante.

Alexandre s'assit au tabouret, prit le ciseau d'une main, le maillet de l'autre et, la fièvre cognant aux tempes, la main moite, l'œil brillant, se mit au travail. Insensible à la fatigue, à la faim, au sommeil, la joue en feu. la gorge sèche, le cœur tout chaviré par l'émoi de la création, « Alexandre des bois » sculptait.

*

A ce moment, les travaux étant terminés jusqu'à Beuchail, tout le chantier descendit vers Plombières. Un beau matin, on chargea tout le matériel sur les tombereaux, les muletiers à califourchon sur leurs bêtes, les charretiers claquant du fouet, la caravane monta la route d'Ancey. La tête était déjà dans la descente sur Velars que l'arrière-garde piétinait encore à Mâlain. Égrenés le long de la route, pour surveiller le chargement, les ouvriers marchaient en chantant, groupés par profession, portant bouquets de fleurs. — Certains attelages étaient enrubannés de guipures et de faveurs que les filles de Baulme et de Savigny avaient données. Tous les chevaux attelés portaient des sonnailles et tout cela avançait, soulevant un nuage de poussière, éveillant les échos des combes. Dans les montées, on piétinait, pour trotter dans les descentes. Les cuisines, chargées sur les chars, n'avaient pas éteint leurs fourneaux, les boulangers n'avaient même pas fermé leurs pétrins. — D'un bout à l'autre de la colonne on s'appelait et les ordres se transmettaient comme dans une armée en marche.

Lorsqu'on eut passé la dernière montée, la descente commença sur la vallée de l'Ouche, et bientôt on fut à Velars. Le défilé y dura plus d'une heure, les jolies filles les regardèrent passer.

Lazare avait cueilli deux bouquets de petits œillets rouges des friches et en avait mis un à sa blouse, l'autre à sa casquette. Il les distribua un peu partout, avantageux et beau parleur, comme toujours, avec cet air, qu'il tenait de nature, de tout connaître sur toutes choses.

A Plombières on arriva dans la lumière blonde de la soirée. Parmi les vergers, bien encaissé dans sa vallée, au pied des pierriers, le village se serrait autour de la tour octogonale coiffée du clocher, jaune comme flamme.

C'était la pleine vendange. Le bleu des sarraus et le blanc des capelines jouaient dans le doré des vignes et les raisins, dans les benatons, saignaient un jus pourpre.

Les ouvriers étrangers, la bouche pleine des grumes qu'ils mendiaient aux balonges, s'émerveillaient de cette terre rouge et rare, retenue par la rocaille au flanc des brefs éboulis, qui trouve par miracle une sève si fraîche et si sucrée.

Dans Plombières, les celliers étaient ouverts, tout résonnants des bruits de tonnellerie ; les cuves, dans les rues étroites, s'abreuvaient à l'ombre. Une armée de vieux bareuzais moustachus, les mains brunies par le tanin, transvasaient des liquides mystérieux et lavaient au chiendent les pressoirs et les sapines.

La caravane arrivant dans ce remue-ménage mit les chiens en joie. Les ouvriers, tout ragaillardis à ce spectacle, sentaient venir d'autres régions, pleines d'humanité, si vivantes à côté de ces plateaux et de ces monts boisés qu'on venait de franchir.

On eut vite fait de monter le campement et, sur le soir, alors que les terrains chauffés vibraient de tous leurs grillons, les compagnons se dispersèrent dans la bourgade et y firent quelque peu scandale.

Mais les hommes de la vigne ont tant peiné et tant ripaillé, tant réfléchi et tant dépensé leur cœur et leurs forces, tant aimé aussi, dans la générosité de leur bonne humeur, que rien de grave ne se produisit.

La Bourgogne vinicole, dont c'était le fin commencement ici, a vu passer, depuis les siècles les plus reculés, tant de sauvages qu'elle a colonisés, conquis et amadoués, qu'elle absorba avec indulgence toute cette troupe de jeunes fous, leur ouvrit les portes de ses celliers et se referma sur eux.

Le lendemain, ils apprirent que les travaux, d'abord dirigés par les ingénieurs des chemins de fer, étaient donnés en partie à des entreprises particulières qui avaient l'expérience de travaux similaires exécutés en Angleterre, notamment les entreprises belges Parent et Schaken, et le tronçon Velars-Dijon fut entrepris.

Tantôt creusant la roche blanche du jurassique, tantôt lançant de grands viaducs sur les ravins, tantôt s'accrochant aux flancs du cañon de l'Ouche, en surplomb, les ouvriers connurent, sous le soleil des vendanges, si chaud dans ces pays, leurs moments les plus durs.

Mais Dijon, la capitale, était proche qui attirait tous ces jeunes hommes pleins de vie et Lazare, qui aimait bien courir et gambader, ne se priva pas d'aller y rire comme les autres. En même temps, il s'éloignait de Châteauneuf, il lui fallait faire quarante kilomètres à pied pour aller entendre la cloche de son pays et autant pour en revenir. Ce lui fut une excuse pour ne plus s'y rendre chaque dimanche et il s'y habitua bien vite car la ville était pleine d'attrait.

Blottie dans son creux, au pied des monts, dans la splendeur de ses vieilles rues, couronnée de ses toits quadrillés, de ses tours et de ses flèches, Dijon les accueillait, bonhomme et réservée, haute en couleur, tout enfiévrée à la nouvelle de voir passer les trains sur ses remparts.

L'hiver approchait, avec ses grands froids crus qui accouraient par la trouée de la Saône, depuis les Marches de l'Est.

Quand même désireux de ne pas renoncer à son Châteauneuf et pour revoir encore le doux visage de Céline, Lazare entreprit de s'y rendre par Flavignerot, Urcy et Gergueil. Mais il mettait deux nuits de marche à faire l'aller et le retour et ces fatigues, ajoutées à celles de son travail, l'affaiblirent quelque peu. Il resta donc le plus souvent sur place, se rendant simplement à Dijon, par Chèvre-Morte, où d'autres équipes perçaient la roche du quartier des Perrières pour amener la voie ferrée sur le rempart de la Miséricorde.

Tous les Dijonnais étaient là, sur les hauteurs de Bellevue, et au coin de la Chartreuse, ou encore vers le ruisseau, près de l'Arquebuse, pour voir ouvrir, à coups de mine, dans le dernier bastion de la montagne, la route triomphale unissant le Nord au Midi. Lazare allait d'un groupe à l'autre, expliquant au bourgeois, faisant l'éloge des constructeurs, fort renseigné sur tout.

Après la Saint-Martin, il y eut une fête avec une sorte de cavalcade où les gens de la Côte vantaient leurs vins, les Dijonnais leur moutarde, leur cassis, leur pain d'épice. Lazare voulut qu'il y eût un char en l'honneur du « Chemin de Fer ». Il s'attela à cette idée et, avec des compagnons, fréta de ses deniers un char à moisson, en ôta les ridelles et, de toile et de lattes, monta une machine à vapeur monstrueuse qui traînait des wagons construits sur des haquets de tonneliers. Cela se promena dans les rues de Dijon traîné par trois percherons pommelés. Les enfants en eurent autant de frayeur que de plaisir, mais tous ces chauvins de Dijonnais (j'en suis) firent, malgré qu'il fût difficile de les ébahir, un triomphe à notre convoi. Les malins y voyaient préfiguré l'instrument de leur enrichissement et pensaient, non sans raison, que tout cela montrait que leur ville était bel et bien une capitale, ce dont ils se font un honneur sans égal.

Lazare, aux commandes de l'engin, la tête passée par la lucarne, recueillit plus de bravos que n'en récoltèrent à la fois tous les souverains et ministres venus en visite à Dijon. La casquette en tête, au cou le foulard rouge à pois noirs des ferrailleurs, la blouse vague et bien empesée, il se croyait déjà à la tête d'un train de wagons et, comme on dit, le roi n'était pas son cousin.

*

Là-dessus vinrent les neiges qui, précoces et abondantes cette année-là, l'empêchèrent de retourner à Châteauneuf. Un jour qu'il était parti, par temps gris, pour faire le voyage, il fut surpris par la neige au col du Leuzeu et se perdit. Il marcha dans la tourmente et mit six heures pour retrouver son chemin à travers bois ; aussi résolut-il d'attendre le printemps pour remonter au village.

Céline souffrit de ces manquements. « Voilà déjà qu'il me délaisse », disait-elle, et Alexandre, qu'elle vit une seule fois, lui répondit : « Pardi, les Dijonnaises sont jolies ! »

Céline lui fit les gros yeux et, le montrant du doigt à sa pie, disait :

— Crève, Margot, crève-lui le cœur !

*

En vérité, Lazare se moquait bien des jupons ; aussitôt qu'il pouvait quitter l'enclume, il partait, non pour traîner les rues, mais pour s'aller écraser, avec quelques gaillards de son espèce, aux palissades qui protégeaient les abords de l'embarcadère du chemin de fer.

Là, on pouvait voir, certes, l'arrivée et le départ des trains de Chalon ainsi que les progrès du bâtiment des voyageurs, mais surtout on risquait d'apercevoir les belles machines que l'on préparait pour l'inauguration de la ligne de Tonnerre à Dijon, par laquelle se trouvait réalisée, par fer, la jonction

Paris-Dijon. Et tout ce que la capitale bourguignonne comptait de ferrailleurs était là, accroché aux palissades comme des chiens aux trousses d'une levrette en chaleur.

Tout cela se trouvait en dehors de la ville, bien au-delà de la Porte du Faubourg-Guillaume et, bien que des baraques se fussent construites pour vendre du vin aux travailleurs, ce n'était pas encore là que venaient se pavaner les coquettes.

Lazare y allait donc simplement faire sa cour à la princesse de ses rêves impuissants, « *La Locomotive* » qui, arrivée, disait-on, en pièces, par péniches, par l'ancien chemin d'eau de Bourgogne, était montée, fardée, attifée par quelques heureux bougres. Les pieds dans les boues de décembre, dans le verglas de janvier, dans le givre de février, il passa ses loisirs à espérer que, par la porte entrouverte, lui apparaîtrait l'idole.

Un jour, à la faveur d'un écroulement de la palissade, il put enjamber la clôture, sauter le fossé plein de glace et se faufiler sans être vu dans le dépôt des machines que l'on construisait sous les Perrières.

*

Parmi sept des huit machines en état de marche, du type Buddicom 1846, trônaient trois locomotives Derosne et Cail du type 1847, longues et racées, avec leur grande roue motrice et leur haute cheminée à couvercle. Les mécaniciens, les peintres, les chaudronniers les fourbissaient sans vergogne sous la direction d'un chef. On passait les filets en jaune pâle et rouge vif, ce qui affinait leur silhouette et rehaussait le beau vert bouteille de leurs tôles.

Tout palpitant, Lazare s'enhardit jusqu'à venir caresser de la main cette belle mécanique neuve et puissante.

Il aurait bien voulu parler aux mécaniciens mais, bien qu'il fût hardi et parlât sans se gêner à n'importe quel notaire, il ne pouvait cependant pas se permettre d'aborder de si hauts personnages que des mécaniciens, dont trois portaient d'ailleurs le gibus. Pourtant, l'un d'eux lui expliqua les nouvelles techniques de la brasure et du rivetage, imposées par les exigences de la traction à vapeur. La fonderie même était fatalement bouleversée, ainsi que l'emboutissage, par les nécessités de fabriquer les pièces en série.

La vue de ces monstres donna à Lazare une impression de conquête exaltante, mais il ne put s'empêcher de penser que toutes ces techniques récentes posaient des problèmes nouveaux et ne manqueraient pas de changer le rythme du travail de l'homme et il pensait :

« Mon pauvre Lazare, tu as bonne mine dans ta petite forge de Châteauneuf, avec ton enclume, ta bigorne et ton frappe-devant, battant le fer à la force de tes bras, tout embarrassé lorsqu'il t'a fallu faire la grille du château, trop grande et trop lourde pour toi ! »

Puis, par habitude de métier, il supputa :

« Pour construire en série ces engins-là, il faut vingt corps de métiers et dans chaque corps au moins dix compagnons. C'est donc au moins deux cents hommes qu'il faut mettre au même chantier. Quel air j'avais, dans mon hangar, avec un seul apprenti, le Daudis, qui n'était même pas encore capable de battre du fer à plat ! »

Au fur et à mesure qu'on lui expliquait les choses, Lazare sentait croître à la fois son admiration et son trouble. A la fin il avait compris que l'artisanat de ses pères venait de recevoir un coup mortel et il se félicita d'avoir quitté le village haut perché où le rôle de maréchal-ferrant isolé consisterait à tout jamais à faire de la broutille, indigne de son grand talent.

En sortant de la rotonde, il ne pensait plus qu'à gagner le bureau d'embauche et y obtenir une place aux ateliers. Le parfum de métal travaillé, la vue des machines et la conversation avec des hommes de la partie l'avaient excité à un tel point qu'il courait presque lorsqu'il rencontra un groupe de camarades.

Ils lisaient *Le Patriote de Saône-et-Loire* et le hélèrent :

— As-tu vu la dernière du Prince-Président ?

C'était le moment où, après s'être fait élire Président de la République, Louis-Napoléon Bonaparte intriguait ferme pour arriver à ses fins. Chaque semaine il faisait une sorte de scandale qui, en fait, s'inscrivait dans un plan d'ensemble que lui traçait alors sa fougueuse ambition.

Lazare n'avait jamais lu les journaux. En bon Bourguignon salé, il professait que se tenir au courant de la politique c'était se créer des soucis inutiles, que voter ou ne pas voter revenait exactement au même et qu'on aurait plus vite fait de tirer au sort les représentants du peuple et de jouer la Présidence de la République au cascaret. Pourtant, il en savait assez sur les hommes politiques pour les maltraiter dans sa conversation, exercice dont il tirait un allègre sentiment de liberté. Mais son indifférence pour l'homme politique en général se transformait en mépris pour Louis-Napoléon dont il ne voulait pas entendre parler.

Tout en courant, il lâcha :

— Ne me rebats pas les oreilles avec ton apprenti grand-homme.

Car dans sa cervelle que la lecture des journaux ne polluait pas, il pressentait assez sainement l'avenir. Et il détestait les « grands hommes » d'État qui font, comme on sait, une effroyable consommation d'adultes bien portants (son père avait été conscrit de 1813 et son grand-père tué à Zurich).

En outre, bien qu'il eût échappé aux obligations militaires en tirant le numéro 1 du canton, il n'aimait ni l'uniforme ni ceux qui le portaient, contrecoup de 1848 et de l'attitude de l'armée au cours des journées de Juillet dont il n'avait connu qu'un récit déformé par la passion et l'ignorance.

Laissant ses amis se bousculer autour de la feuille locale, il frappa bientôt à la porte du bureau des Chemins de fer.

Dans ce temps-là, la paperasse était l'affaire des gens ayant une belle écriture et une orthographe parfaite. Bien entendu, ces calligraphes eussent cru déchoir en n'étant ni chauves, ni pointilleux, ni frileux.

Un poêle, donc, ronflait dans un local silencieux éclairé par des quinquets coiffés d'abat-jour verts. Cet éclairage donnait au local, triste par lui-même, cette couleur livide qui a fait la réputation des études de notaires dans l'œuvre de Balzac.

Balzacien aussi était l'homme qui reçut Lazare, avec ses pattes de lapin, ses rares cheveux roussauds peignés en coup de vent sur ses tempes moites.

Lazare lui exposa l'objet de sa visite :

— Avez-vous fait une demande d'emploi ? lui demanda le scribe.

— Non point, mais je vais vous la faire tout de suite, répondit notre Lazare sans sourciller.

L'autre prit une feuille, une plume d'oie, remonta ses lunettes sur son nez, prit un air important et dit :

— Je vous écoute, jeune homme, dictez !

— Donnez-moi plutôt l'instrument, répliqua Lazare, les idées me viennent mieux la plume à la main.

Et il prit la plume et le papier.

Le bureaucrate fut fort étonné et ne cessa de surveiller notre homme, par-dessus le verre de ses lunettes, pendant tout le temps qu'il écrivit.

Lorsqu'il eut fini, Lazare se relut avec soin et, sûr de lui, posa points et virgules puis tendit sa feuille à l'employé qui ouvrit des yeux ronds : jamais il n'avait vu une lettre mieux tournée, mieux moulée, mieux paraphée. Il s'y reprit à deux fois pour y étendre la poudre à sécher et, mesurant la valeur de l'homme à la science de la signature, il se fit plus gracieux.

— Mon ami, dit-il en joignant les mains, le personnel de « nos » machines est au complet — mais, avec l'écriture et le style que vous avez, vous pourriez avoir, dans « nos » bureaux...

— J'ai un beau brin de plume, certes, coupa Lazare, mais si vous voyiez les bonnes jambes que j'ai aussi et qui ne demandent qu'à tricoter !

— Fort bien, reprit l'autre en plissant le front, à

votre aise, mais en postulant pour un emploi dans « nos » services roulants, vous risquez d'attendre longtemps avant de travailler « chez nous »... Mais si vous tenez absolument à faire tricoter vos jambes, comme vous dites, descendez donc du côté de Chalon et de Mâcon. On va « nous » construire des kilomètres de chemin de fer, des centaines de chantiers vont s'ouvrir où vous pourrez user vos bras, vos mains, vos jambes et tout ce qui vous démange. — Le printemps venant, ça va devenir un plaisir de travailler, entre Dijon et la Méditerranée !

Lazare pensa :

« Poussons une pointe jusqu'à Lyon, nous verrons bien. »

Il prit la porte alors que le bureaucrate lui disait :

— Tenez-nous simplement au courant de vos changements de résidence.

Aussitôt dehors, il gagna un petit café de la rue Saint-Philibert où se réunissaient des gens curieux. Là venaient, en effet, les maniaques de la locomotive, petits fonctionnaires pensionnés, anciens commerçants, vieux artisans aisés et deux ex-demi-soldes valétudinaires, qui communiaient dans l'amour de la vapeur et se consolaient ainsi d'être nés vingt ans trop tôt.

C'était à qui de ces messieurs ferait, sur les machines et les trains, les plus sensationnelles révélations. Il était de bon ton d'être le premier à verser aux débats les renseignements les plus frais et les plus saugrenus. Ces braves gens s'imaginaient que le fin mot de l'érudition consistait, par exemple, à connaître sans défaillance le nombre de rivets employés à la construction de chaque chaudière. Plus le détail était infime, plus il conférait de notoriété à celui qui l'avait recueilli et rapporté.

Cette assemblée était une de ces innombrables « académies » de province où des érudits d'occasion font, à leurs estimables collègues, des communications sur la couleur des cheveux de Charles le Téméraire et controversent sans rire sur l'origine d'un clou trouvé dans les fouilles locales.

Les villes de province fourmillent de ces gens singuliers patients et tenaces comme des baudets, qui accumulent gratuitement et en secret d'effarantes précisions sur des points de détail sans importance.

Lazare allait là pour s'amuser de ces enfantillages autant que pour jouer, auprès de ces paisibles chercheurs, du privilège que lui conférait son métier.

Lorsqu'il entra, ce soir-là, un membre de cette association dite « des amis des Chemins de fer » communiquait à ses confrères une pièce de sa collection : un des premiers coussinets de fonte utilisés sur la ligne de Saint-Étienne à Andrézieux, la première de France. Courbés sur cet étonnant morceau de métal d'un poids de trois kilos, les autres membres de l'association écoutaient leur confrère qui récitait, d'un air important :

— La nervure inférieure des rails, également en fonte, était cintrée en forme de « ventre de poisson », et...

L'arrivée de Lazare l'interrompit fâcheusement. En quelques phrases, notre ami rendit compte de sa visite clandestine à la rotonde des machines et leur fit part des réflexions qu'elles lui suggéraient. Après quoi il informa les assistants qu'il allait sans doute partir pour les chantiers du Sud.

On l'acclama et les plus âgés lui dirent :

— Comme vous avez raison, jeune homme ! Ah, si nous avions votre âge !

Et l'on en revint aux choses sérieuses :

— ... ces coussinets étaient espacés les uns des autres de un mètre treize..., reprit le conférencier, après avoir bu une gorgée...

IV

Non seulement le tronçon Dijon-Lyon était projeté, mais certains parcours étaient en service, comme Dijon-Chalon et les travaux de jonction étaient amorcés par points.

Découragé de ne point pouvoir se faire engager comme mécanicien, Lazare aurait peut-être tout abandonné et serait revenu ferrer ses chevaux à Châteauneuf, mais le vent de mars réveillait son ardeur et lui donnait goût au voyage. Certains jours, le ciel bien balayé, bleu comme une porcelaine, faisait l'horizon si engageant qu'il resta tout près de la voie ferrée, attendant d'elle l'aventure.

Mis à pied par la dislocation des équipes, tous ceux qui avaient participé à la construction du tronçon Tonnerre-Dijon assiégeaient la baraque de recrutement. On comptait, certains jours, plus de six cents demandes.

Accoutumés au travail en plein air, à la vie libre des camps, aux journées de grand soleil et au labeur excitant de la construction que pimentent les chansons de métier et les gauloiseries, aucun ne pouvait retourner aux travaux sédentaires. Lazare, moins que les autres, se souciait fort peu de prendre d'autres habitudes que celles du nomadisme. Changer de climat, voir du pays, entendre tous les accents de France, tout en travaillant durement au triomphe de la vapeur et de la mécanique, voilà ce qu'il aimait.

Le lien qui le retenait à son Arrière-Côte, à ses amis, venait de se rompre.

Il est bien possible que les présages et les correspondances ne soient que des babioles ; pourtant le jour que Lazare prit la décision de continuer son périple, sa pie, dans son village, ne fit que caqueter de sa voix revêche, en voletant dans la maison de Céline pour se jeter sur les vitres au point de s'assommer.

Céline la ramassait et la caressait, mais aussitôt l'oiseau recommençait et cela dura ainsi toute la journée.

*

Depuis le mois de septembre précédent on pouvait se rendre de Dijon à Chalon par le train, mais il en coûtait trois francs et Lazare, faute d'argent, se contenta de prendre la route. N'empruntaient le train que les gens riches, les hommes d'affaires ou les soldats.

Le voilà donc marchant le long des accotements, en compagnie des ouvriers qui se déplaçaient comme lui. Ah ! si vous l'aviez vu aller de l'avant, sans se retourner, chantant les chansons de marche, vous auriez pensé qu'il ne faisait pas grand cas de sa pie Margot et que Céline ne le retenait qu'à peine, surtout qu'on le voyait plaisanter les filles qui, courbées dans les vignes, ramassaient les sarments.

Il prit tout naturellement la route de Beaune qui longe tous les vignobles aux grands noms. Il égrena le chapelet des villages illustres, Gevrey-Chambertin, Nuits-Saint-Georges, Vougeot, Morey-Saint-Denis, Vosne, Premeaux, Volnay, Beaune, Pommard. On ne parcourt pas ces pays-là comme on traverse une rue bitumée. Le respect vous prend, malgré vous, et ne vous quitte plus. L'humanité qu'on y voit s'agiter entre les rangées d'échalas n'est pas une humanité banale. Il y a là, dans la terre, des forêts et des entrelacs de racines qui, depuis plus de deux mille ans, sucent la sève du cru pour en faire le meilleur vin du monde.

La troupe d'ouvriers marchait ; Lazare, en tête, semblait être un prêtre conduisant une procession. Il saluait à droite, saluait à gauche en citant les noms et, lorsque quelque Parisien ou quelque Breton se laissait aller à ne pas respecter ces hauts lieux, Lazare le pourfendait de son regard d'émouchet.

— Ce que vous voyez là, à la surface du pays, ce n'est que le tiers de ce qu'il faut voir, disait-il.

— Et où loge-t-on les deux autres tiers ? demandaient les autres.

— Sous chaque maison il y a deux maisons de caves, deux ou trois étages de celliers taillés dans la roche et, je vous le dis, ce qu'on y entasse, en cuve et en feuillette, vaut mieux que bien des coffres-forts.

Et les autres se sentaient parcourus de ce frisson d'émotion qui vous prend dans les cathédrales ou devant les palais des rois. Enfin, passant aux portes du clos Vougeot, il demanda à ses camarades de se découvrir, ce qu'ils firent.

Dans ce pays prestigieux, il leur arriva pourtant une aventure regrettable : Lazare et trois de ses camarades avaient forcé le pas ; ils arrivèrent avant les autres aux faubourgs de Beaune, sur le coup de midi. Comme les cloches se mettaient à chanter l'angelus, ils avisèrent une auberge et entrèrent pour y commander une grillée de boudin à la moutarde de verjus.

Au même instant, quelques voitures de rouliers s'arrêtèrent pour faire la débridée de midi. Ayant soulagé leurs chevaux à l'ombre, ils entrèrent pour manger et écoutèrent nos amis qui contaient à qui voulait les entendre qu'ils étaient « de la ligne » et qu'ils ne se rendaient à Mâcon que pour participer à la construction en attendant de devenir des conducteurs de locomotives.

Les rouliers le prirent mal et, plus nombreux, attaquèrent les trimardeurs non sans leur avoir dit leur fait.

Lazare comptait sur l'aubergiste pour arranger les choses. Il avait tort. Au contraire, l'hôtelier se joignit aux gens de la route pour corriger d'importance ces fous qui construisaient un chemin de fer.

— Depuis que vos bon dieu de train circulent à toute vitesse sans jamais s'arrêter qu'aux grandes gares, ma maison est perdue de moitié ! disait l'hôte.

Chaque client qui entrait était un nouvel assaillant pour nos quatre amis. Lazare avait beau claironner, de sa haute voix : « Il vous en cuira ! Un épervier comme moi vaut cent étourneaux de votre espèce ! » et autres bravades, il fut bel et bien rossé par tous ces gens que l'heure de midi surprenait sur la grand-route et qui, entrés à l'auberge, se joignaient aux autres pour accabler ces quatre pauvres passagers.

Il faut dire que, dans ces régions de grand passage, les hôteliers, rouliers, voituriers, maîtres de poste, postillons, charrons, maréchaux-ferrants, bourreliers, tous ces gens qui vivaient de la route et du cheval voyaient d'un très mauvais œil s'installer cette voie ferrée qui, dans leur pensée, devait les ruiner.

Lazare et ses amis furent enfin jetés sur la chaussée, brisés, meurtris, piétinés, foulés comme raisin en cuve. Ils gagnèrent tant bien que mal un pâtis, à l'ombre et, sur l'herbe nouvelle qui leur faisait comme un frais pansement, ils s'étendirent en geignant.

Ils furent réveillés par le gros de la troupe de leurs camarades qui, plus avisés, étaient restés groupés pour cheminer. Les revoir leur fut agréable et Lazare les accueillit comme cousins cousines.

Ce n'était pourtant qu'un ramassis de maçons, de terrassiers, de charpentiers, de serruriers, contre lesquels il se fût battu, six mois plus tôt, par esprit de corps, pour un oui pour un non, mais avec qui il marchait maintenant comme un seul homme, pour l'amour de la locomotive.

Ainsi, désormais, avançant en force, par groupes bruyants et pointilleux, ils rossèrent derechef pas mal de mécontents, fiers de leur entente, sûrs de leur but ; réchauffés par leur camaraderie, ils s'annonçaient de loin par leurs éclats de rire. Ils atteignirent ainsi la Saône. L'herbe commençait à être haute, les rhubarbes, aux portes des bourgeois, déroulaient leurs premières crosses et les merles en étaient aux trilles.

Parfois, lorsque la ligne Dijon-Chalon longeait la route, les marcheurs assistaient au passage d'un train. On l'entendait venir de loin, puis on le voyait arriver avec sa kyrielle de wagons verts et rouges. La machine, avec sa haute cheminée, large et brillante comme un ophicléide, crachait des volutes dont le panache s'évanouissait lentement. Les compagnons s'arrêtaient sur la route, les piocheurs se relevaient dans les vignes, une main aux reins, les vieux passaient la tête aux fenêtres des maisons, les enfants, délicieusement terrifiés, écarquillaient leurs yeux brillants comme des agates, les laboureurs quittaient les mancherons et couraient au détour des haies. Et de tous ces gens émerveillés, parsemés dans toute la campagne, bras levés, montait vers le convoi une longue et joyeuse clameur. C'était, parmi les pêchers en fleur, comme un triomphe que ces braves gens simples, sans calcul, pleins de bon sens, faisaient à la vapeur.

Aux portières s'agitaient des mouchoirs. Le mécanicien, imperturbable, surveillait la voie, certes, sans broncher, mais non sans actionner le sifflet. Ainsi la machine, dont on entendait la respiration, semblait répondre, à petits cris joyeux.

Lazare avait l'impression qu'elle lui parlait. Il la reconnaissait aussi : « C'est la 36 de Dijon ! » disait-il. « Regardez son nom écrit sur son cache-roue ; on lui a donné le nom de la ville de Beaune. Elle a une surface de chauffe de 82 mètres carrés, le diamètre des roues motrices est de 1 mètre 80, sa longueur totale est de 7 mètres et mèche... »

Les camarades, émerveillés, lui disaient : « Ma parole, tu en sais autant qu'un ingénieur ! » et Lazare continuait sans se tromper : « Son poids total est de 25 tonnes en ordre de marche... Elle a été construite en 1846, par Jean-François Cail... Il doit y en avoir 45 en service, numérotées de 1 à 45... »

Il entrait dans une espèce d'extase, que seuls peuvent comprendre ceux pour qui la locomotive est le héros vivant de la plus pacifique et de la plus grandiose épopée humaine. Puis il reconnaissait aussi le chauffeur et le mécanicien avec lesquels il avait bu la chopine plus de dix fois. Il leur adressait un sonore :

— Salutas compagnon !...

L'autre, un peu blasé, bien rigide dans sa blouse bleue, ne se retournait pas (l'entendait-il dans ce fracas de tonnerre ?), mais il faisait un signe de la main, comme devaient en faire les héros romains, dans leur triomphe.

*

A Chalon-sur-Saône, Lazare n'était pas riche. Il n'avait pu se résoudre, par respect pour sa corporation, à marcher pieds nus, comme certains le faisaient, portant leurs souliers à leur cou, pour les économiser. Il dut donc s'acheter des chaussures qu'il prit fort cossues car il aimait être bellement chaussé.

Cet achat lui laissa douze sous en poche, ni plus ni moins, et il s'employa à se trouver du crédit. Il alla chercher refuge chez « la Mère des compagnons » où il avait été reçu pendant qu'il accomplissait son « Tour de France ».

Il savait y retrouver, derrière son comptoir, la grosse Thérèse, dite « Belle-Troussée », « Chaude-Gorge » ou encore « Forte-en-Sauce », qui n'avait pas sa pareille pour mijoter une meurette de tanches.

C'était elle qui disait joliment :

— On dit « heureux comme un poisson dans l'eau », mais si vous saviez comme il se complaît dans le vin !

Et elle vous frigoussait, avec un Mercurey, une pôchouse qui était un vrai mariage d'amour entre la vigne et le brochet.

Près d'elle, il espérait trouver, en même temps qu'une riche table, autant de confiance qu'il en demanderait. Pourtant, comme il entrait dans la grande salle, décorée aux attributs de tous les corps de métier, il entendit « la Mère » elle-même, la grosse Thérèse, qui rabrouait de la sorte un compagnon :

— Ah ! mon garçon, ici il n'y a point de place pour les gens qui passent à l'ennemi ! Pas de transfuge chez les compagnons ! Vous travaillez au chemin de fer ? Eh bien, allez lui demander à manger, au chemin de fer ! Mangez des roues de voiture si vous voulez, mais la grosse Thérèse ne servira pas la soupe à des compagnons qui vont tantôt lui retirer son pain !

Il y eut des rires, et bientôt Lazare, qui avait besoin à la fois de soupe et de crédit, s'approcha tout radouci.

— Te voilà revenu, mon poulet ? lui dit « la Mère », assieds-toi là, voici une ardoise.

Comme jadis, Lazare prit son ardoise et y mit son nom et son chiffre de forgeron. Puis il entreprit de se restaurer sans se faire remarquer. Cette ardoise qu'on venait de lui remettre signifiait qu'on lui accordait crédit ; il était donc sûr de manger et de dormir aujourd'hui. Demain, il verrait.

Lorsqu'il eut mangé, il eut un moment de vertige et d'hésitation. Il s'en fallut de peu qu'il abandonnât la partie pour retourner tout bonnement à Châteauneuf ; il calcula même qu'il ne lui en coûterait que trois jours de marche, mais, à ce moment, alors qu'il flânait sur le pont du canal, il entendit un coup de sifflet strident, puis un grondement infernal ébranla le sol ; c'était l'omnibus de Dijon qui arrivait.

Près de Lazare, deux commerçants chalonnais, avec leur accent particulier, se mirent à maudire cet « engin de malheur » en disant :

— Ils se vantent de pouvoir courir d'une traite de Dijon à Lyon, mais dans cette histoire, que devient Chalon, je vous le demande ? Un des plus beaux relais de la route de Paris à Marseille ? Que devenons-nous ? Ah ! depuis cette damnée révolution, quelle mentalité de brigand, quelle foire d'empoigne ! Les bons principes...

Et ils tournèrent le dos à l'embarcadère pour rentrer en ronchonnant dans leur bonne ville dont les toits se groupaient autour de la cathédrale Saint-Vincent.

Lazare fit le contraire ; il se mit à courir pour assister à l'arrivée, spectacle dont il ne se lassait jamais. Il fit tant et si bien de ses grandes jambes qu'il était sur le quai lorsque la machine, dans un nuage de vapeur, stoppait son train.

Il n'accorda aucune attention aux belles dames qui descendaient des voitures ; il n'avait d'yeux que pour

« la merveille » et il s'en approcha posément pour lui faire sa cour.

Assaillie par une foule de badauds, très à l'aise malgré son effort, elle se laissait gentiment admirer. On entendait seulement le chuintement des soupapes et, léger comme un bruit de sang dans les veines, un ronflement de bouilloire, qui lui donnait un air de puissance contenue lui seyant à la perfection.

Le soir, il s'en alla dépenser au bal les dix sous qui lui restaient.

Dans un brouillard de plaisir, on le voyait tourner comme une toupie, bien rejeté en arrière, la main sous l'aisselle d'une bougresse, la casquette de forgeron ramenée sur l'œil, scandant, de son talon neuf, les roulades du cornet à pistons.

Puis, lorsqu'il fut las, il rentra chez « la Mère » et s'étendit sur un lit, ce qui le changeait des fenils, granges et hangars où il venait de passer les nuits, le long des routes.

Pourtant, il ne s'endormit pas tout de suite et se prit à rêver à son destin. Il voyait deux Lazare : l'un vêtu de velours, en sabots, en chapeau rond, dans une rue de village ; l'autre en costume de drap, foulard de soie au cou, conduisant une locomotive pendant qu'un chauffeur en chargeait le foyer, et, très sincèrement, comparant les deux chances, pensait que l'hésitation n'était pas possible, que l'une était un enfer, l'autre un paradis, et qu'il faudrait être fou pour laisser échapper l'occasion de monter sur une locomotive.

On embauchait à Lyon ? Il irait là et, sa bonne mine, sa belle taille et ses souliers neufs aidant, on lui dirait :

— C'est vous Lazare Denizot, de Châteauneuf ? mais entrez donc, mon ami, vous êtes chez vous.

*

Le lendemain, au jour, son baluchon se trouvant fait, il alla tirer par les pieds ses meilleurs compagnons et les entraîna sur la route de Tournus.

Il laissait là, bien sûr, un nid de dettes, mais tout le monde sait que les mécaniciens sont bien payés et il se promettait, à un de ses passages à Châlon, de venir effacer son ardoise.

Comme il faisait frisquet, il fourra les mains dans ses poches et, de l'index gauche, il sentit, perdue dans un repli du tissu, une pièce de deux sous qui lui eût encore valu un joli quignon de pain chez le boulanger du premier village, mais il sortit sa pièce et la jeta par-dessus son épaule en disant :

— Deux sous, deux graines de fortune, jetons-les au vent, nous faisant plus léger...

Et sans se retourner, il partit en riant avec ses compagnons sur la route de Tournus, à pas forcés, jetant ainsi tout ce qu'il avait, fortune et santé, au vent de la Saône.

Il était le plus fort en gosier et, tout en marchant, faisait des cabrioles. Il n'était pas un village traversé qui n'eût après son passage à déplorer quelque mauvais tour ou à rire de quelque farce. Ici, il habillait les épouvantails avec le linge trouvé ailleurs séchant au vent de l'est. Là, il endormait les poules en les berçant, la tête sous l'aile, et les chiens ne s'échappaient point de ses mains sans remorquer une gamelle sonore. Il versa des brouettes dans les mares, hissa des truies sur le toit des chapelles, chevaucha des génisses, jeta des grenouilles dans les bures de lait et, chaque fois, trouvait le moyen d'en rire le plus fort.

Son ami « Belle Queuche » lui disait :

— Ah ! toi, on peut dire que tu n'as pas laissé perdre du rire !

Il répondait :

— On a le rire qu'on mérite et celui qui m'est venu, je l'ai humé, grumé, comme on savoure une récompense. Celui qui ne rit jamais ou qui rit sans bruit, c'est un pécheur qui commence sur terre son temps d'enfer.

Il disait encore, de la même façon :

— Le rire c'est un paradis, les braves gens seuls en font leur affaire.

Ainsi devisant, la bande qu'il conduisait de sa verve et de son jugement trouvait moins longue la route droite et monotone. Ces pays plats de la Saône et les horizons de la Bresse les dépaysaient maintenant. La troupe s'avançait, petits points noirs sur la route, sous les nuages bulbeux, par la pluie ou le soleil, et ce qui attirait Lazare c'était le mirage des grands ateliers, des dépôts où dormaient des locomotives, et s'il avait sacrifié sa tranquille aisance de forgeron de village, c'était pour crever ainsi de froid, de chaud, de faim, sur les routes de France, pour se faire un jour l'esclave de sa chère machine.

Fort heureusement, dès le premier soir, ils arrivèrent près de plusieurs chantiers de remblaiement.

Du fait que la ligne allait ici passer en plaine, près d'un fleuve à hautes et larges crues, il fallait partout la surélever au-dessus des plans d'eau qui, à la fonte des neiges, font de certains quartiers bressans de grandes platières d'eau jaune d'où émergent seuls les saules têtards et les peupliers italiens.

Un beau soir, donc, Lazare vit une entreprise où des hommes s'affairaient autour d'un système étrange de treuils et de câbles attachés à d'énormes brouettes. Des chevaux, harnachés de bricoles, allaient et revenaient attelés aux câbles.

Tout cela marchait comme une machine, de la façon suivante : la brouette était encore en bas, dans les fouilles de sable jaune ; là les pelleteurs la remplissaient ; le porteur alors se mettait en brancards et, drûment, s'engageait sur un plan incliné pour hisser sa charge au sommet du remblai ; mais, pour l'aider, un cheval se mettait en marche au commandement et l'entraînait presque en courant. Du même mouvement, arrivé sur une butte, le porteur vidait sa brouette et redescendait en trottant.

Plus de cinquante systèmes semblables fonctionnaient côte à côte et on en voyait, à chaque instant, plus de vingt montants et vingt descendants, parmi un bruit de poulies, de cris, de harnais froissés sur le poil luisant des chevaux. Les trimardeurs s'arrêtèrent pour admirer ce spectacle donné par l'ingéniosité et l'activité de l'homme.

Bientôt, comme le soleil tombait derrière les monts du Beaujolais, on entendit un coup de trompette, et tous les travailleurs s'arrêtèrent.

Lazare s'approcha d'eux.

— Alors, compagnon, dit-il au premier qu'il aborda, que faites-vous là ?

— Tu le vois, répliqua un vieux terrassier dans son parler bas-bourguignon, je faisons un remblai pour le chemin de fer. On prend la terre de la plaine et on fabrique une petite montagne, et sur cette montagne on fera passer « notre » ligne.

— Si vous manquez de forgerons, je m'embauche tout de suite, dit Lazare.

— Pour ça, va voir le chef de chantier ; c'est lui qui porte un chapeau haut de forme et des guêtres, tout en haut.

Lazare s'avança de ce côté. Le soir tombait. Des vignobles s'étalaient à l'ouest sur des croupes basses. Au loin, l'horizon était fermé par deux barres de monts beaujolais, roses dans le couchant et, plus près, la Roche de Solutré, dressée au-dessus d'un village fumant, paraissait verte et bleue, tant l'air était clair.

Lazare aborda l'homme au chapeau haut de forme. Il avait des favoris roux et parlait avec un fort accent belge.

— Et celui-là, dit-il en désignant Lazare, qu'est-ce qu'il veut ?

— Je suis forgeron, dit Lazare en bombant le torse.

— Forgeron, ça me va, dit le Flamand, puis, se tournant vers un petit jeune homme jaune qui portait des papiers sous le bras :

— Picard, mon garçon, embauchez-moi cet homme-là.

Puis se retournant d'une pièce :

— Tu tombes bien, notre forgeron vient de se casser la jambe.

Puis encore :

— Tu es bourguignon ?

— Oui, dit Lazare.

— Tu ressembles à Vercingétorix. Tu vas me payer un pot tout de suite et tâcher de trouver un lit garni au village, mais sois là demain matin à 7 heures, sinon je te coupe les moustaches.

— Ce serait à voir ! répliqua Lazare en s'approchant à toucher l'autre de la poitrine.

— Ne vous fâchez pas, jeune homme, dit Picard. Le patron aime à se moquer, c'est sa façon d'être aimable.

De ce jour, Lazare quitta son nom pour prendre celui de Vercingétorix. De fait, dans les derniers mois, sa moustache roussaude avait pris une belle forme en s'étoffant, et il ne se faisait pas faute, chaque fois qu'il était inoccupé, d'en tirer les poils pour les allonger.

Il n'alla pas tout de suite à l'auberge, mais vint regarder les installations, maintenant vides d'hommes, mais encore chaudes de leur présence, comme les viandis des sangliers qu'on trouve au matin dans les gagnages.

Il vit un long fouillis de terre remuée qui, plus loin, prenait figure de levée, formée des milliers de brouettées que ces hommes avaient poussées, de force. La terre, arrachée à la plaine, érigée pour servir de voie triomphale à la vapeur, embaumait le soir.

Du haut du remblai, Vercingétorix vit, dans la plaine bleuie par la nuit, le cours lent et puissant de la Saône, puis, vers le sud-est, les terres sombres et mystérieuses de la Bresse et des Dombes, terres de brumes. Au-delà, c'était la barre rigide du Revermont. Tout cela était baigné d'obscurité, mais le lointain mont Blanc, encore éclairé par le soleil, brillait de toutes ses facettes.

Comme il observait les treuils et le dispositif de halage qu'il avait vu tout à l'heure au travail, Lazare sentit, derrière lui, la présence de quelqu'un. C'était le chef de chantier qui le regardait.

— Alors, Vercingétorix, dit-il à Lazare, qu'en dis-tu ?

— Chef, répondit notre homme, je suis tout ébaubi de voir ces machines-là. Quelle belle chose que le progrès !

— Progrès ? s'écria le maître en éclatant de rire, c'est le dispositif qu'on employait au Moyen Age pour élever les rampes qui servaient à la construction des cathédrales, et je crois bien que les Égyptiens le connaissaient aussi.

— Qu'importe, reprit Lazare, ce sont de belles choses que l'intelligence, le savoir-faire et le courage des hommes !

Les chevaux du chantier, parqués à la corde dans un terrain sec, s'ébrouaient dans le crépuscule.

— Voilà ce que j'aime, dit Lazare pour lui seul, les grands travaux avec tant d'hommes et tant de chevaux que, de loin, on sent leur sueur.

*

Le soir même, ils allèrent boire de compagnie à l'auberge du village, une maison aux tuiles romaines, qui annonçait les pays du Rhône ; des raux de maïs pendaient par grappes à l'auvent.

Dans la salle, les bateliers de la Saône étaient installés un peu partout et lorsque le contremaître entra en saluant, il y eut un mot, on ne sait lequel, qui fit comme un remous dans l'assistance, mais Lazare vint s'asseoir tranquillement à une table de mariniers avec son chef et trois de ses compagnons. Il ne prit pas garde que les conversations avaient cessé.

Lazare commanda sa tournée et se mit à jaser de tout avec son air de tout connaître en tout ; aussi on n'entendit bientôt plus que lui, surtout que le vin sur la fatigue lui donnait habituellement trop d'aplomb. De la table à côté vint l'avis qu'il ferait bien de se taire.

— Je me tairai quand j'aurai lâché mon dit, répondit le Burgonde sans se retourner.

Puis il continua tout bonnement.

Le contremaître, en bon Flamand, continuait à fumer sa pipe, à peine sa grosse veine temporale s'était-elle mise à gonfler. Lazare se remit à parler, donc, de « la ligne », des locomotives et de toutes les marchandises qu'on allait transporter. Il en parla si crûment que les bateliers en prirent ombrage.

On les vit s'agiter, puis l'un d'eux, s'approchant de Lazare, lui dit :

— Tu seras bien riche quand nos péniches seront vides et pourriront dans les bassins.

Lazare se recula sur sa chaise, but un coup et dévisagea le gaillard.

— Mon garçon, dit-il, qui t'empêche de mettre ma vapeur à ton barquot et d'essayer de suivre le train ?

Une voix s'éleva :

— Laisse, marinier, laisse-le faire le faraud, mais quand son chaudron du diable passera par ici, il verra s'il saura sauter par-dessus nos barricades !

— Ma machine ? Elle se moque bien de vos

barricades, bande de sangsues ! hurla Lazare en culbutant sa chaise d'un revers.

Il y eut un vacarme de voix, puis les coups commencèrent. Il y avait une dizaine de bateliers, de beaux gars, habitués à manier la perche et l'anspect ou à coltiner la bricole. Lazare n'avait que quatre amis, fort vaillants, certes, mais qui durent se retrancher dans un coin de la pièce où il reculèrent petit à petit.

Les cris s'étaient tus. On n'entendit plus que les coups et le bris des bouteilles et des verres.

Les gars du chantier flanchaient bel et bien, il faut l'avouer, bien que pas un ne se montrât au-dessous de sa tâche. Le gros Belge se prit à hurler en lançant les bancs et les tabourets sur les attaquants, les traitant de « grèbes », de « salamandres » et d' « otus ».

Mais les mariniers en avaient vu d'autres et le moment vint où Lazare et ses amis allaient être acculés dans l'arrière-boutique, salle borgne et étroite où ils seraient broyés comme grume au pressoir, lorsqu'un hurlement se fit entendre ; derrière les bateliers, on vit s'élancer un grand diable blond. A grands coups, il assomma un, puis deux, puis trois gabarriers. Il s'apprêtait à continuer lorsque les hommes se retournèrent contre lui et l'attaquèrent. A lui seul, il semblait capable d'en contenir vingt.

Lorqu'il le vit, le contremaître s'écria :

— Voilà notre Grand Frisé !

Les mariniers, pris entre cette espèce d'hercule et les cinq autres, tentèrent une sortie, mais le Grand Frisé les attendait et les cribla de bouteilles dont certaines éclatèrent sur les crânes. Deux mariniers tombèrent et les autres purent gagner la porte.

C'est ainsi que Lazare fit la connaissance du « Grand Frisé ». Ils gagnèrent ensemble l'auberge voisine pour se refaire un peu et célébrer la Victoire du Rail sur l'Eau.

Le Grand Frisé, comme on l'appelait, pouvait avoir trente ans. En plus de la longue moustache blonde, il portait la mouche à la lèvre inférieure. Il avait une chemise de lin blanc et une blouse de maçon en toile grise, décorée de passementeries jaunes et rouges. Il paraissait avoir les jambes un peu torses, mais c'était la coupe de son pantalon de velours qui leur donnait ce galbe fort recherché à l'époque par tous les ouvriers du bâtiment.

Il avait une voix dorée et puissante, le verbe haut et agressif, l'œil prompt, la dent blanche, l'oreille petite, le cheveu court et bouclé ramené sur le front. Sa casquette de trimardeur était rejetée en arrière et la coiffe de soie noire, molle à point, alourdie de son pompon, retombait un peu sur son oreille gauche où pendait une primevère fanée.

Tel quel, bien qu'il fût comme lui bravache, il plut à Lazare car, après avoir écouté le contremaître expliquer l'avenir de la ligne, il s'écria :

— Mais alors Marseille n'est plus qu'à une journée de Paris et l'Afrique à huit jours de la capitale ?

— Certes, disait placidement le Flamand.

— Alors, reprenait le Grand Frisé, le jour où l'isthme est percé qui sépare la Méditerranée de la mer Rouge, il n'y a plus un Anglais qui passe ailleurs que chez nous pour aller aux Indes ?

— Sans doute, répondait le Belge.

— Du diable si je ne joue pas ma chance dans toute cette histoire. Je ne veux pas laisser passer une si belle occasion de tenter mon lot. Aussitôt que je peux, je gagne un centre et je demande à monter sur les machines. Tout maçon que je suis, je veux voir défiler les kilomètres, à cheval sur ma chaudière, tonnerre de bougre !

— Bien parlé, compagnon ! s'écria Lazare. Fais comme tu dis et je te suis !

Après quoi, les deux hommes communièrent dans le double amour du rail et du beaujolais.

Tout à coup, on entendit un grand cri :

— Le chantier brûle !

Tous furent dehors en un instant ; une grande lueur rougeoyait derrière le remblai. Les six hommes s'élancèrent. En arrivant sur les lieux, ils virent les baraques réduites en braise, alors qu'autour s'agitaient des silhouettes impuissantes.

Des chevaux galopaient çà et là dans l'obscurité ; comme nos amis s'approchaient, ils furent mis au courant : les bateliers, furieux de leur défaite, avaient mis le feu au fourrage et aux maisons, coupé les jarrets des chevaux, lacéré les harnais, et brisé les installations.

En jurant, Lazare et le Grand Frisé s'approchèrent encore pour voir que la forge n'était plus qu'un tison.

Regroupés en hâte, les ouvriers s'activaient en vain. Lazare les réunit :

— Compagnons, dit-il, ce sont les bateliers qui par dépit ont brûlé nos chantiers ; il faudrait leur répondre de belle façon.

Le Grand Frisé cria :

— Nous irons couler leurs péniches !

Puis il prit la tête de la troupe qui, en hurlant, se dirigea vers la Saône.

— Mes enfants, mes enfants, hurlait le contremaître, envoyer leurs gabarres par le fond ne vous rendra pas votre bien ! Et il tentait de les retenir, mais certains de ses hommes étaient excités par le spectacle de cet incendie et ils partirent en entraînant les autres.

La lune venait de se lever. La bande suivit un petit chemin de terre, coupa la grande prairie communale au bout de laquelle brillait la Saône.

Le long du chemin de halage, écrasant, de leur poitrail brun, le clapotis naissant, cinq péniches dormaient, en bloc. Plus loin, vautrées dans les joncs du bord, des gabarres s'alignaient, savamment amarrées et perchées pour la nuit. Les eaux étaient hautes et fortes, en ce printemps, car toutes les neiges des Vosges, du Duché et de la Comté venaient de fondre d'un coup.

Les plus acharnés s'apprêtaient déjà à monter à bord pour y tout saccager, bien que les passerelles fussent retirées, mais le Grand Frisé les arrêta d'un geste. Il prit une pince de carrier qu'un goujat brandissait et dit à ceux qui avaient apporté des outils : « Suivez-moi. »

Ils descendirent en silence le long de la berge pendant que les autres se dissimulaient derrière les têtards de saules. On n'entendait que le chuintement des roseaux et le clapotis des petites vagues. Mais bientôt des coups résonnèrent : c'étaient les attaquants qui essayaient de crever la coque au-dessous de la ligne de flottaison.

Les chiens alors s'éveillèrent et donnèrent

l'alarme. On vit des formes sortir des coquerons et s'agiter sur le pont. Les bateliers prirent leurs gaffes et crochèrent à vif dans les assaillants. On entendit des corps choir dans l'eau noire, puis les gars du Grand Frisé esquissèrent un mouvement de recul.

— Aux amarres ! cria une voix.

En un clin d'œil, les cordes furent coupées, les perches brisées et, lentement, le bloc de péniches commença une dangereuse dérive.

— Et maintenant, nage donc, grenouille ! cria Lazare.

Comme l'amarre de tête avait été coupée avant l'autre, les péniches avaient évité au courant, si bien que la dérive s'amorça au moment où les bateaux se trouvaient de travers. Elles prirent vite une belle vitesse. Les bateliers ne disaient plus rien. Un vieux prit le commandement et ils se portèrent moitié en arrière, moitié en avant, avec leurs anspects.

Lorsque le paquet arriva sur les gabarres, quelqu'un cria « Pare à déborder ! » au moment où la collision était imminente.

On entendit crisser le fer sur les bordages, grincer les perches qui éclatèrent sous la pression, puis enfin un bruit sourd, suivi de hurlements des femmes qui dessaoulèrent trop tard les gars du chantier.

Sur l'eau, c'était un obscur désordre. Une seule péniche, désolidarisée des autres, continuait sa dérive sous le clair de lune.

Alors, les compagnons s'occupèrent du sauvetage. C'est à ce moment qu'arriva le contremaître :

— Mes enfants !... Qu'avez-vous fait ? disait-il, essoufflé.

Il vit le Grand Frisé et Lazare :

— Vous deux, filez, il faut que le soleil levant vous surprenne à plus de cinq lieues d'ici. Ne vous occupez plus de rien, partez.

Comme ils hésitaient :

— Partez, je vous dis, et qu'on ne vous revoie jamais !

Et en leur serrant la main, il leur glissa à chacun une pièce de vingt sous.

— Avec ça, vous irez au moins jusqu'à Lyon. Bonne chance !

Pendant que les gens accourus s'occupaient du sauvetage, Lazare, le Grand Frisé et quelques autres s'esquivèrent adroitement.

DEUXIÈME PARTIE

I

Dans la cabane du sabotier le travail n'allait que lentement. Alexandre peinait pieusement sur des figures de saints, sur des apôtres barbus, et son but était, pendant que son conscrit Lazare se jetait dans l'action, de se retirer dans ses pensées.

Lazare se battait, travaillait, construisait, cheminait. Alexandre, vexé de se voir seul au village qui se dépeuplait, s'entêtait à ciseler des figures d'archanges et de prophètes. Et ainsi replié sur lui-même, s'imaginait faire des merveilles.

Un soir, il se retrouva en face de Céline alors qu'elle revenait du lavoir. Il lui poussa gentiment la brouette jusqu'à la grange et enfin lui dit :

— Cette fois, Céline, je peux te montrer mon ouvrage.

Un peu gênée de suivre un garçon, elle l'accompagna jusqu'à sa cabane.

Lorsqu'il tira le rideau qui masquait son œuvre, Céline ouvrit de grands yeux et resta muette. Il comptait davantage sur une émotion profonde que sur un enthousiasme spontané, mais lorsqu'elle vit tout ce bois sculpté gauchement elle respira plus vite, puis elle eut un long rire :

— C'était ça ton amusette ? dit-elle sans méchanceté.

Elle prenait cela pour un petit jeu d'oisif, pour une douce manie de naïf. Elle n'avait plus d'amitié pour l'œuvre gratuite, l'art ne l'intéressait plus, elle culbutait dans le monde nouveau de la machine. Aux yeux d'Alexandre, elle ne valait plus rien. Il tira le rideau sans rien dire.

— Je ne voulais pas te vexer ; c'est pourtant bien joli ! dit-elle.

— Ça ne fait rien, répondit-il, je suis bien content que tu aies vu tout ça.

Puis il la poussa dehors et ferma la porte en lui souhaitant le bonsoir. Il aurait peut-être tout brisé, de rage et de dépit, si, sur la table, il n'avait vu la pie Margot, qui était restée prisonnière. Il allait l'assommer d'un coup de trique lorsque l'oiseau s'approcha d'un verre à moitié plein de vin, qui traînait là, parmi des couennes. Elle y plongea le bec et but à petites gorgées. Alexandre commença à ricaner en sourdine et la regarda faire. Elle but encore plusieurs lampées et, à chaque fois qu'elle buvait, Alexandre riait plus fort et il éclata de rire d'un seul coup lorsqu'il la vit caqueter en titubant. Enfin, bavant, l'œil torve, plumes ébouriffées, la pie saoule s'effondra, pantelante, grognante, méchante. Alexandre, en riant, lui cria : « Crève, Margot, crève-lui le cœur ! », puis, se renversant sur sa chaise, il laissa jaillir son contentement mauvais.

Depuis ce jour, la pie, prise par son vice, revint souvent frapper du bec à la vitre d'Alexandre, et chaque fois plus laide, plus hargneuse, plus arrogante. Chaque fois aussi Alexandre lui ouvrit son guichet en disant :

— Te voilà charogne ? Tu veux boire ta goutte, hein ?

Et il l'emmenait du côté de son tonneau. Elle buvait jusqu'à succomber, faisait scandale, souillait la table et s'endormait affalée sur du vieux linge.

Tout cela se passait dans le temps où Lazare abandonnait petit à petit ses habitudes de revenir au pays. Le jour où il partait décidément de Dijon vers Chalon, la pie fut tenue pour morte et ne rentra que deux jours plus tard, malade, jasant comme une pocharde et semant ses déjections partout.

Céline pleura : « Voilà Margot qui est malade ! », et elle lui offrait des tisanes ; mais ouiche ! La bête habituée au vin ne voulait plus de ces bouillons d'herbes et Céline disait : « La pie de Lazare va mourir. »

Et le soir où Alexandre fit la connaissance du Grand Frisé, Céline, assise près de son feu, sans ardeur au travail, sentait un malaise l'envahir. Elle veilla fort avant la nuit et, s'étant couchée enfin, ne put s'endormir : c'était le moment où, fuyant les péniches coulées, Lazare et le Grand Frisé s'éloignaient à toutes jambes vers Lyon.

*

Le lendemain matin donc, alors que Céline s'assoupissait un peu, on pouvait voir passer, sur la route de Lyon, quelques jeunes lurons qui marchaient à grandes enjambées. C'étaient Lazare, le Grand

Frisé et les quelques autres qui fuyaient la maréchaussée. Depuis le naufrage des péniches, ils n'avaient qu'une idée : gagner du terrain.

Le Grand Frisé avait dit à Lazare :

— Vercingétorix, laissons ça, viens chez moi à la Mulatière où mon père vit avec ma sœur et c'est bien le diable si nous ne nous embauchons pas comme conducteurs de locomotives, car Lyon est la ville du chemin de fer ; depuis plus de quinze ans on y voit rouler des trains.

Et ils étaient partis. Maintenant, dégrisés et las, il leur semblait avoir rêvé, mais le soleil levant les ragaillardit et, s'étant ébroués au passage, dans un abreuvoir, ils se sentirent en appétit et entrèrent pour se restaurer dans une auberge. Ils lutinèrent la servante et mangèrent solidement puis, le cœur léger, repartirent, volant de bouchon en bouchon, de meurette en pôchouse, de vin blanc en vin rouge, évitant toutefois les quais, berges et chemins de halage où les bateliers chantaient .

Dames des villes et des bourgs
Accourez dans vos fins atours,
Chalonnaises, Mâconnaises,
Toutes les belles de sur l'eau,
Du Pays-Bas, du Pays-Haut,
Venez ô doux objets charmants
De toute la rivière,
L'amour, aux bateaux vous attend !

Lorsqu'il les entendait ainsi, Lazare serrait le poing en disant :

— Écoutez ces foutues salamandres ! ça ne sait

même pas écrire, ça ne sait que « virer la piaûtre » et chanter !

Ou encore :

— Sacrées couleuvres ! Faut-il être flemmard pour faire un métier pareil ! Quand il y a trop d'eau, on ne travaille pas, quand il y a du brouillard, on ne travaille pas et, quand on travaille, c'est le courant qui vous pousse !

Pourtant il n'allait pas s'y frotter, se sentant signalé de bouche à oreille, au fil de l'eau.

Tout en marchant, il forgeait, dans sa tête, des chansons qui puissent rivaliser, dans les auberges, avec le « *Chantons la Saône et sa marine* » qui était comme l'hymne national des gabarriers. Ces airs, autrefois familiers, lui agaçaient l'oreille et, pour ne plus les entendre, il doublait le pas.

Le pays se déroulait lentement au rythme de leur marche et bientôt ils virent se découper, par-dessus les monts du Mâconnais, ceux du Lyonnais. La vallée de la Saône allait en se rétrécissant et contenait moins facilement la rivière plus tortueuse. On aurait dit que, sentant venir son époux, le Rhône, elle se faisait plus vive et plus piquante.

Les maisons de pierre, plus sombres qu'en Bourgogne, se couvraient de toits plus plats aux tuiles romaines et tout le paysage, ainsi changeant, changeait le cœur et l'âme de notre Lazare, comme changeaient le bouquet des vins, bus au passage, les parfums des plats qu'on leur servait et l'accent des payses.

A mesure qu'ils s'éloignaient des lieux de leur crime, la conscience des compagnons s'allégeait petit à petit et, lorsqu'ils furent à Villefranche, du diable s'ils se souvenaient de l'affaire des péniches ! L'oubli de ses propres fautes est la plus sûre des absolutions.

L'approche de la ville de Lyon leur donnait du jarret et du gosier et il fallait les entendre débiter leurs meilleurs couplets (car on chantait beaucoup dans ce temps-là, pour le moins autant qu'on se battait).

A ce train d'enfer, s'encourageant de leur propre voix, ils furent bientôt aux portes de Lyon. Depuis plusieurs lieues déjà on sentait une agitation des esprits qui se traduisait par une sorte de fièvre. La rue grise et pourtant grouillante des faubourgs de Vaise et de Saint-Irénée, avait un bruit de halètement, un va-et-vient de machines. Des fêtes foraines, accrochées aux carrefours, tournaient leurs manèges à vide parmi des foules inquiètes. Les Lyonnais, si froids dans leur apparence, ont cette ténacité rigide et ce feu intérieur qui les désigne sans erreur. Ce n'étaient pas les éclats de bruyantes palabres, mais le murmure persistant des conciliabules tenus à mi-voix, sur le ton monotone des entêtements. Bien mieux que les événements politiques, dont les Lyonnais s'inquiètent peu, il n'y avait que les événements scientifiques et industriels pour faire sortir ainsi de leur réserve habituelle les gens de Fourvière ou de la Mulatière.

En effet, depuis bientôt dix ans, deux clans se livraient bataille. L'un, conduit par Bonnardel, Courbayon et autres compères de la batellerie et du roulage, conseillés par des juristes comme Prosper Chappet, tentait d'écarter de Lyon toute atteinte par voie ferrée.

N'ayant pu éviter la création de la ligne Roanne-

Lyon par Saint-Étienne, ce clan avait longtemps manœuvré pour éviter le passage de l'artère Paris-Marseille. Or, depuis quatre ans, le clan opposé, soutenu par la haute banque lyonnaise, conseillé par Arles-Dufour, le Père Enfantin et Talabot, avait obtenu des succès décisifs.

La ligne Paris-Avignon se construisait et, à part quelques points de détail, on était d'accord pour qu'elle passât par Lyon.

A ce point de la discussion, le peuple lyonnais prenait position et tout particulièrement les quartiers du nord, car il s'agissait maintenant de déterminer l'emplacement de la gare et de réaliser la jonction avec la ligne de Saint-Étienne, la première voie ferrée de France.

Il restait donc à fixer le tracé de la jonction entre Vaise, où l'on construisait l'embarcadère de Paris, et la rive droite du Rhône où aboutissait la ligne de Saint-Étienne.

C'était là, bien sûr, disputes de clochers, mais aussi discussion passionnante qui posait des problèmes techniques insolubles aux yeux des artisans. En effet, il fallait admettre la construction d'un remblai énorme, à Vaise, et le percement de la colline où l'on prétendait trouver des nappes d'eau et des terrains glissants et mouvants.

Nos deux amis, Lazare et le Grand Frisé, se mêlèrent aux conversations dès le premier estaminet où ils entrèrent pour se restaurer quelque peu et remettre, selon la coutume des trimardeurs, de l'ordre et même de la fantaisie dans leur toilette.

L'auberge, d'ailleurs placée aux portes des faubourgs, sur la route de Mâcon, portait pour cette raison l'enseigne du *Compagnon fleuri.* Lavés, peignés et brossés de la blanche poussière de route, ils burent un pot en mangeant l'omelette aux oignons. Ainsi remontés, ils se jugèrent bons pour aller se présenter chez le père du Grand Frisé car, disait ce dernier, il ne fallait pas qu'on les prît, dans la famille, pour des nippes-sous ou pour des fendeurs.

Comme ils mangeaient, on discuta, près d'eux, du sujet qui les intéressait. Des hommes parlaient de la Commission d'enquête du Rhône dont le but, sous la présidence d'un certain Vauxonne, était d'étudier la jonction et l'emplacement de la gare.

— On parle de la presqu'île de Perrache, disait l'un, mais alors il faudra passer sous la colline de Fourvière et le travail me paraît plus difficile que pour le souterrain du Sauvage.

Il n'en fallait pas davantage pour exciter nos deux enragés ; ils expliquèrent à leurs voisins comment le long tunnel de Blaisy avait été construit par leurs soins :

— Un souterrain, Monsieur, disait Lazare, entièrement voûté avec piédroits en maçonnerie, long de 4 200 mètres, haut de 7 m 50 à la clé, pour lequel on a brûlé plus de 120 tonnes de poudre !

Là-dessus, des bateliers qui assuraient le service voyageurs des « gondoles » entre Chalon et Lyon, entrèrent mettre leur grain de sel. Cette fois, par miracle, il n'y eut pas de bataille, car je ne sais trop de quelle race étaient les interlocuteurs de Lazare, mais ils ne s'emportèrent point. Lazare en fut décontenancé. Il s'aperçut même que ce chemin de fer était attendu ici peut-être plus par curiosité que par raison, mais avec impatience.

Profitant de cette heureuse aubaine, Lazare et le Grand Frisé ne firent grâce d'aucun détail sur la construction des grands viaducs de la vallée de l'Ouche. On échangea, là-dessus, des vues sur le choix entre La Guillotière et Perrache, comme de vieux ingénieurs chevronnés, après quoi, le Grand Frisé se leva en disant :

— Allons voir ce qu'en disent les vieux.

II

Le père Gagneur vivait sur le versant de Croix-Rousse, dans une maison encore coquette malgré son âge. Avec son frère, « l'Oncle », il tissait des rubans.

On travaillait, on mangeait, on dormait dans la même grande pièce sombre et les trois métiers faisaient partie de la vie familiale.

Lazare, en connaisseur, s'apprêtait à en admirer la mécanique lorsque vint à entrer une jeune fille bien autrement digne de son attention.

Elle était grande et brune, cent fois plus coquine et frétillante que la pauvre Céline, bien plus coquettement attifée aussi : pas de châle engonçant ni de casaquin vague, mais un corsage finement cousu et modelant dûment sa jolie poitrine. Pas de fichu sur la tête, mais des cheveux eux-mêmes érigés en parure, un peu parfumés, brillants et souples.

Lazare resta muet d'admiration et là-bas, à Châteauneuf, sa pie, pour sûr, dut en claquer du bec, auprès de Céline. Les hommes s'attablèrent et parlèrent. Le père Gagneur mit les jeunes au courant de la situation politique et, puisque la question des chemins de fer les intéressait, leur parla des concessions : on vivait une période troublée sous tous les rapports, l'agitation régnait à Lyon et dans les grandes villes ; les nouvelles étaient mauvaises. Le général Cavaignac venait d'interdire le port du sabre aux agents du chemin de fer, ce qui était amusant, mais les hommes que la révolution avait portés au pouvoir étaient, en fin de compte, ceux qui avaient attaqué les concessions avec le plus de persistance. La politique de création de voies ferrées semblait devoir tourner court, la fermeture des ateliers nationaux avouait la crise générale en l'amplifiant et le mécontentement grondait.

Le père Gagneur, qui avait beaucoup lu Auguste Comte, Saint-Simon et le Père Enfantin, se découvrait une âme de saint-simonien, aussi rêvait-il plus ou moins d'un État producteur et pourvoyeur universel. Il suffisait de l'entendre prononcer ces mots, « État » ou « Fraternité », pour être ému et convaincu. La persistance de la croyance populaire en un remède social universel est, en effet, émouvante.

Sur le chemin de fer, par contre, le père Gagneur avait les idées répandues par les gazettes de l'époque : pour lui, c'était un jeu de technicien, èt s'il leur accordait sa sympathie, il conservait son enthousiasme pour des choses plus sérieuses, par exemple pour les travaux de la Commission Exécutive élue par l'Assemblée Nationale et qui préparait « L'Ordre dans la Fraternité ».

Le Grand Frisé déplorait, au contraire, l'agitation politique qui brisait le grand essor industriel en

France et empêchait qu'on s'occupât sérieusement des chemins de fer.

En frappant du poing sur la table, il disait à son père scandalisé :

— La République, la Fraternité, et tout, c'est très joli mais est-ce que ça va nous donner une place de mécanicien au chemin de fer ?

Le père Gagneur, sans se départir de sa froideur, car il était lyonnais pur sang, grognait :

— Tes chemins de fer ! Voilà qu'ils veulent relier maintenant Paris à la Méditerranée ! Ont-ils seulement pensé que tout cela va ruiner notre ville de Lyon, avec toute sa navigation ?

— Lyon y gagnera, au contraire ! hurlait le Grand Frisé qui, par sa mère, avait du sang flamand dans les veines.

— Ouais ? disait le vieux, Lyon y gagnera quoi ? La mort, voilà ce que Lyon va gagner ! Tous les gens instruits le disent et, quant à moi, je trouve qu'ils ont raison. Je comprends le général Rostopchine brûlant Moscou pour arrêter nos légions, mais vraiment, je m'étonne que des ingénieurs et des hommes politiques pensent délibérément anéantir une ville comme Lyon pour fournir à quelques touristes pressés le moyen de gagner quelques heures sur un trajet de deux cents lieues !

Le vieux répétait ainsi par cœur un article de Monsieur Bonnardel, qu'il venait de lire.

Ayant dit, il ajusta sur sa tête sa petite calotte de tapisserie et se mit à bourrer une pipe en ajoutant à voix plus basse :

— C'est d'ailleurs le seul reproche que j'adresse aux amis de Monsieur de Saint-Simon, c'est de préconiser et favoriser la construction du chemin de fer en France. Dans leur grande générosité, ces philosophes se laissent entraîner par des conceptions séduisantes mais utopiques.

Fier de sa tirade, le père Gagneur se tourna vers Lazare :

— Et vous, jeune homme, qu'en pensez-vous ?

Lazare eut un geste familier qui signifiait que tout ce qui ne touchait pas à sa joie de vivre lui était indifférent :

— Monsieur Gagneur, dit-il, chez moi, les philosophes ne s'occupent guère que de bien manger et bien rire, le reste vient par surcroît.

C'est à ce moment que l'Oncle entra dans la pièce. On vit d'abord un énorme chapeau haut de forme, encore élargi par ses poils hérissés, un col montant, boutonné strictement, une vieille redingote noire, fermée comme une soutane jusqu'à mi-jambe, un pantalon à sous-pieds, noir aussi, et, dans cet ensemble en deuil, une figure dont seule la bouche souriait. Ses mains, aux doigts joints, faisaient sans cesse le geste de se savonner mutuellement.

C'était un être dénué d'âge et même de sexe, avec un front de bambin sur un regard de vieillard. Il avait la voix d'un saint auquel il manquerait la sainteté. Son regard avait une sombre ardeur d'obsédé et l'on souhaitait, pour son plus grand bien, qu'il bût de temps en temps un coup de trop en compagnie de quelques joyeuses commères.

Dès l'entrée, il découvrit son jeu, avec cet empressement qu'ont tous ceux qui exhibent leur faiblesse en cherchant à convaincre et à convertir à tout prix.

— J'entends, dit-il, que l'on parle des chemins de

fer. Permettez-moi de vous lire ce qu'en pense Monsieur Louis Veuillot.

Il sortit un papier de sa grande poche et prit une voix de clerc en chaire pour lire :

« Le chemin de fer est l'expression insolente du mépris de la personnalité et de l'anéantissement de la liberté. Rien ne figure mieux la démocratie. Je ne suis plus un homme, je suis un colis ; je ne voyage plus, je suis expédié. »

Un grand silence accueillit ces profondes paroles que Lazare, à vrai dire, n'entendit point.

— Qu'en dites-vous compagnon ? lui dit l'Oncle.

Mais le compagnon Lazare avait, je vous assure, bien d'autres choses à faire que de discuter de l'influence des chemins de fer sur la personne humaine. N'avait-il pas à dévorer des yeux Adélaïde-Marie Gagneur qui, mettant le couvert et préparant la soupe, passait et repassait, le frôlant à le damner, si belle, si parfumée, si piquante ? Il répondit à la question de l'Oncle :

— Vous savez, pour moi, ce qui compte, c'est travailler de mon mieux à mon métier, aller et venir, ne me fixer nulle part, voir du pays, mais si vous voulez mon opinion sur la question, c'est que dans la vieille marmite de Papin est en train de mijoter un fameux bouillon !

Ah ! Céline, brave et simple fille, où étais tu à cette heure ? Dans la tête de Lazare, il n'y avait plus de place pour toi !

L'Oncle s'assit en face de lui et entreprit de le sermonner. Il mit Lazare en garde contre l'amour du changement, contre la soif de connaître aussi bien que contre l'appétit de sentir ou le désir de dominer, contre le boire et le manger, contre la joie et contre le bruit, contre la vie, contre la bonne santé. A voix basse, il parla des femmes pour citer des exemples et signaler les tristes expériences de la vie.

Lazare n'était jamais allé se perdre dans ces chemins détournés. Il se contentait de hocher la tête et son œil ne quittait pas la merveille des merveilles : la femme, gracieuse, harmonieuse, pleine de vie et de santé, et pensait qu'il n'y avait, dans la vie, d'autre danger que de manquer ce spectacle et d'en supprimer les prolongements. Le parfum du souper qui cuisait embellissait encore Marie-Adélaïde, car il n'y a pas de parfum qui convienne mieux à la femme que celui des bons plats qu'elle mijote.

L'Oncle continuait néanmoins, revenant au chemin de fer :

— On dit qu'on augmentera la facilité de se déplacer. Mais je vous le demande, Monsieur Lazare, est-il avantageux pour la morale que l'homme quitte si souvent le foyer domestique ? De plus, l'ouverture de tous ces chantiers, puis de toutes ces gares va attirer des flots d'ouvriers qui viendront se démoraliser dans les grandes villes et qui répugneront à retourner dans leur village, deviendront des déracinés, peut-être des criminels !

Lazare ne répondit rien. C'est le père Gagneur qui s'écria, fidèle disciple de Saint-Simon :

— Hippolyte, mon frère, tu oublies que les marchandises s'échangeront plus rapidement d'un point à un autre du territoire !

— Y a-t-il grand avantage à ce que les marchandises arrivent plus tôt dans les magasins ? rétorquait l'Oncle.

— Certainement, répliquait le père Gagneur, la répartition des richesses naturelles n'en sera que plus judicieuse et les hommes seront plus heureux. D'ailleurs, eux-mêmes se déplaceront plus aisément et...

— On va maintenant en trente heures de Paris à Lyon, coupa l'Oncle. Y a-t-il beaucoup de cas où il soit nécessaire de faire ce trajet en quinze heures ? Faut-il dépenser des millions pour cela ?

— Certainement, affirmait le père Gagneur, Auguste Comte dit bien que...

Et ces deux polémistes tout entiers captivés par leurs propres pensées et tous deux s'admirant dans la rigueur de leurs arguments, reprirent, devant les jeunes gens, la discussion qui les opposait chaque jour. A côté d'eux, Lazare et le Grand Frisé, habitués à cheminer, travailler, batailler, chanter, se mirent à bâiller, considérant que tout ce qui n'est pas action est inutile et ennuyeux.

Laissant les deux vieux maniaques philosopher près des métiers à tisser, Lazare se rapprocha de la table et de la femme, attiré à la fois par l'une et par l'autre, et, frisant sa moustache, se mit à tenir des propos plus propres à plaire à la jeune fille.

Un peu plus tard, ils se mirent à table. Ni l'Oncle ni le père Gagneur ne buvaient de vin. Lazare en resta médusé, c'était la première fois qu'il voyait manger en buvant de l'eau. Il pensa : « Ils sont malades » et n'y songea plus, occupé qu'il était à contempler Marie-Adélaïde.

III

Dès le lendemain, les deux amis allèrent aux renseignements. Il s'agissait pour eux de se présenter partout où ils pouvaient trouver de l'embauche. Ils poursuivaient leur rêve avec entêtement : entrer dans un atelier du chemin de fer pour y apprendre l'essentiel de la conduite des machines locomotives et aussitôt que possible, mériter, comme le disait Lascourt, l'honneur de « chevaucher cette noble monture d'acier, la locomotive » dont ils possédaient l'image collée au fond de leur boîte à outils.

Comme ils descendaient aux abords de la Chaussée Perrache, ils virent des attroupements houleux autour des chantiers :

— Il me semble, dit le Grand Frisé avec amertume, que nous ne serons pas seuls.

En approchant, ils distinguèrent des ouvriers de tous les corps de métiers : tapissiers, maçons, serruriers, taillandiers, peintres, voire même tailleurs et horlogers, reconnaissables à leurs vestes d'alpaga et leurs bottines. Tous étaient fort miteux. Ils n'avaient pas ces bonnes mines d'artisans bien nourris et heureux d'exercer le métier de leur choix et souvent des altercations naissaient entre eux pour des vétilles.

Au coin de la rue, un homme de mauvaise mine, monté sur une charrette, haranguait la foule. Il était vêtu d'une redingote douteuse et d'un pantalon à sous-pieds, et il portait une casquette à pattes. Les deux amis s'arrêtèrent pour l'écouter :

— Citoyens ! disait l'énergumène, on se moque de vous ! La fermeture des ateliers nationaux vous a réduits à la mendicité. Certes, ces ateliers n'étaient pas une panacée, vous y étiez mal employés et les tisserands, par exemple, y faisaient des travaux de terrassement, mais, au moins, vous y occupiez vos bras et l'on vous payait. Aujourd'hui, vous voici désœuvrés et sans ressources !

« A côté de cela le programme de construction des chemins de fer reste en souffrance, les grands travaux qui doivent donner à la France la place qui lui revient dans cette course au progrès sont délaissés !

« Vous me direz : La loi de 42 prévoit... Mais qui se soucie de la loi de 42 ? Et cependant, bien qu'issue de la monarchie, elle était seule capable de résorber le chômage ! Les mêmes monarchistes qui font la pluie et le beau temps préfèrent maintenant, pour saboter la République, envoyer nos soldats pour défendre le Pape. En vérité ils se soucient bien de vous !

Les deux amis se regardèrent. Près d'eux, un petit vieux d'allure bizarre, s'agitait dans une redingote trop grande. Prenant Lazare par le pan de sa veste, il s'écria : « Un homme à poigne, jeune homme, voilà ce qu'il nous faut ! » Et d'autres disaient : « Si j'étais Louis-Napoléon, je sais bien ce que je ferais ! »

Le Grand Frisé et Lazare s'éloignèrent alors que le tribun improvisé continuait :

— Il faut exiger la réalisation du programme de la loi de 42 ! La jonction des voies ferrées, particulièrement, doit être exigée. Posséder des tronçons de chemin de fer séparés par des parcours qu'on ne peut faire qu'en péniche ou en berline, est une situation indigne de la France ; il faut exiger...

— Exiger, exiger, dit Lazare en hochant la tête, il est bon celui-là ! Exiger...

Le Grand Frisé reprit tristement :

— Nous vivons une drôle d'époque !

— Les temps sont durs pour les jeunes ! reprit Lazare, prononçant sans s'en douter la phrase de tous les jeunes.

Ils se disposaient à entrer dans un estaminet pour boire un pot, histoire de se remettre le cœur, lorsqu'ils s'aperçurent que le petit vieux les suivait de très près, comme s'il avait voulu entendre leur conversation.

— Je vois, jeunes gens, leur dit-il, que le chemin de fer vous intéresse : vous avez raison !

« Comme je l'ai dit à l'Empereur dans mon mémoire, le chemin de fer est le seul moyen connu d'abréger les distances ; il faut donc sillonner la France de voies de fer et l'on verra des régions pauvres et vides se peupler et s'enrichir. Voyez les régions de Roanne et Saint-Étienne, qui ne doivent qu'au chemin de fer d'être devenues, en vingt ans, les centres industriels les plus florissants de France ! Ceux qui soutiennent que le Français n'a pas besoin de se déplacer si rapidement pour être heureux n'aiment pas leur pays et acceptent de le voir traîner à la remorque de l'Angleterre !

— Vous me plaisez, Monsieur ! s'écria Lazare qui emboîta le pas.

Ils se mirent à marcher lentement le long de la Saône en remontant vers le pont de la Mulatière.

— Pour les jeunes gens qui veulent s'intéresser au chemin de fer, vous êtes bien tombés ici, dans la régions lyonnaise et stéphanoise. C'est ici et non à Paris, comme on tend à le répandre, le berceau de la locomotive à vapeur et de la circulation sur rail. Regardez, nous sommes ici sur la presqu'île de Perrache. C'est là que Monsieur Seguin, qui vit maintenant dans votre pays de Côte-d'Or, a travaillé à ses locomotives, et, dans les mêmes ateliers, furent faites les douze premières locomotives françaises.

Les trois promeneurs s'approchaient du Cours Rambaud où des palissades cachaient les travaux d'agrandissement du port.

— Voici, continua le petit bonhomme, le nouveau pont en fonte de la Mulatière qui permet aux locomotives d'arriver à Perrache même.

Là-dessus, il s'arrêta et, monté sur une buse de fonte qui se trouvait là, se mit à prophétiser en levant le doigt vers le ciel :

— Comme je l'ai dit à Napoléon dans mon mémoire, le jour est proche où, parti de Paris, le voyageur ira jusqu'à Marseille et, de là, en un point quelconque du monde...

Lancé sur ce sujet, le vieillard paraissait surexcité, quoique fort sain ; son regard se perdait dans le ciel et ses lèvres tremblaient.

Il éleva la voix et bientôt un petit attroupement se forma autour de lui.

Lazare et le Grand Frisé en profitèrent pour s'éclipser :

— C'est un vieux fou, laissons-le, dit le premier.

— Nous perdons notre temps, dit le second.

Et ils s'esquivèrent.

Ils coururent un peu partout, dans tous les bureaux d'embauche et revinrent bredouilles. S'il n'y avait eu Marie-Adélaïde Gagneur, Lazare aurait peut-être repris le chemin de Châteauneuf, mais le moyen, je vous le demande, de quitter une jolie poupée comme celle-là ?

Ils rentrèrent donc à la Mulatière, penauds et las, et s'assirent sur les tabourets du canut. Ils racontèrent leurs déboires et Lazare allait se laisser aller au désespoir, lorsque la belle Marie passa près de lui, se dirigeant vers le petit jardinet où elle entretenait des fleurs. Elle s'arrêta sur le pas de la porte et Lazare crut lui voir faire un signe. Elle lui sourit alors et disparut. Quel est le garçon qui ne sent pas, en de telles occasions, revenir tout son courage et refleurir sa joie de vivre ?

Il chercha longtemps un prétexte pour rejoindre la jolie fille, puis, demeuré enfin seul dans l'atelier, il prit un chiffon qui traînait, en frotta ses souliers neufs, remit de l'ordre dans son costume et rejoignit Marie.

Elle était assise sur un banc près d'une rocaille que son frère lui avait construite. Elle portait une résille grenat qui retenait la lourde masse de ses cheveux. Une mantille recouvrait ses épaules. Sa pose était fort gracieuse, copiée sur les gravures du *Journal des*

Demoiselles. Ses manches-gigot retombaient sur des avant-bras nacrés et parfumés, voilés de mitaines noires à mailles nid-d'abeilles.

Ainsi vêtue et penchée, le pied affiné par la bottine et pointant à demi sous sa jupe, Lazare la trouva désirable. Il frisotta sa moustache et s'approcha d'elle :

— Vous paraissez bien désolé, Monsieur Lazare, dit-elle.

— Bien sûr, dit Lazare, c'est vexant de ne point trouver de travail au moment où l'on songe à s'établir.

— Pourquoi vous établir ? demanda la belle.

— Pour faire comme tout un chacun ; il faut bien.

En parlant, elle lui avait frôlé la main de la sienne et s'était un peu tournée pour se trouver bien en face de lui :

— Je ferais bien n'importe quoi maintenant, reprit-il, pour avoir une bonne place bien stable !

— Pourtant, il m'avait semblé que vous n'aimiez pas rester en place. Aller et venir ne vous plaît donc plus ?

— Plus beaucoup, Marie, depuis que je vous ai vue !

Elle se mit à rire en se levant et lui mit sa main parfumée sur la bouche :

— Emmenez-moi donc danser, tenez, plutôt que de dire des bêtises.

Lazare était inquiet. Sans un sou en poche, comment pouvait-il entrer au bal et traiter la jeune fille comme il eût voulu le faire ? Pourtant, la mine enjouée et la voix fraîche, il tonna :

— Tudieu, c'est dit, et nous danserons jusqu'au matin.

Comme il traversait l'atelier, il rencontra l'Oncle et, discrètement, le pria de lui prêter quelque argent, mais ce saint homme-là n'était généreux qu'en bons conseils ; Lazare alla donc trouver son grand fou de camarade qui, beaucoup moins vertueux, partagea sans sourciller ce qu'il avait en poche.

Et voilà mon Lazare parti au bras de Marie-Adélaïde, heureux comme pas un, trop fier de voir les beaux messieurs se retourner sur leur passage. Sa dette lui pesait peu et il ne manqua ni de souplesse ni de légèreté pour valser.

Il sentait la fille dans ses bras et pensait qu'il ne manquait qu'une chose à son bonheur, c'était d'avoir à se battre avec le premier jaloux venu. Cela ne manqua pas d'arriver, car, au fond, obtient la bataille qui veut.

IV

Le lendemain matin, sans rien dire à personne, Lazare prit ses vêtements de travail et descendit en courant jusqu'au bureau d'embauche et, sur-le-champ, sans faire le fier, s'inscrivit sur la liste des manœuvres — journaliers — terrassiers. Cela lui coûta cher de passer sa journée à manier la pelle, mais lorsqu'il toucha ses 2 fr, 75 et qu'il fut certain d'en recevoir autant chaque soir, il eut un sourire et retrouva sa belle cambrure pour déambuler sur les quais de la Saône.

Il proposa de payer désormais sa pension chez les Gagneur et se promettait d'emmener Marie au bal, lorsqu'elle disparut. Il rongea son frein jusqu'à la nuit, puis alla se coucher de fort mauvaise humeur.

Le lendemain matin, au petit jour, alors que les brouillards de la Saône devenaient plus laiteux, Lazare dévalait la ruelle des Chazeaux, longeant les murs, comme honteux, lui forgeron, d'aller gagner son pain au terrassement, lorsque, dans la brume, le petit vieux de la veille lui apparut, coiffé d'un haut de forme immense, le col de sa redingote boutonné jusqu'au menton.

Il était immobile, appuyé sur sa grosse canne à torsade. Lorsqu'il vit Lazare, il s'approcha de lui et, avec un sourire bizarre, lui dit :

— Je vous attendais.

Le jeune forgeron avait déjà fait des rencontres bien suspectes, essuyé bien des attaques d'escarpes, mais cette silhouette cocasse à l'affût à cette heure, l'étonnait. Il hésita donc.

— Alors compagnon, reprit l'homme, on a trouvé de l'embauche ?

— Non, dit Lazare d'une voix sourde, ce n'est pas du travail, c'est de la broutille. Je renie ma profession, je trahis mon savoir ! Voilà maintenant que je manie la pelle, aux fouilles du port.

— C'est navrant, dit le vieux, d'une voix nasillarde, mais il y a mieux à faire pour vous, croyez-moi, et si vous poursuivez toujours votre rêve de monter sur les locomotives, il faut aller bien vite à Beaucaire et à Tarascon. Là, vous vous présenterez de ma part à Monsieur Surell, le directeur des chemins de fer du Midi, qui est un de mes amis. Il a besoin de bons spécialistes pleins d'enthousiasme. Il vous prendra certainement.

Lazare vit, par la pensée, les locomotives, les trains qui devaient circuler là-bas. Il pensa : « Tarascon ! Marseille ! Ce serait le rêve de ma vie qui se réaliserait ! » Mais il fut étonné de ne pas retrouver, à cette pensée, la fièvre de jadis. Il y avait à Lyon une femme qui le tenait déjà plus fort que son métier, plus fort que sa passion de voir, d'aller, de courir au grand soleil, et il se prit à réfléchir.

Le vieux parut déçu :

— Je vous aurais cru plus prompt en décision et

plus amoureux du chemin de fer, dit-il d'un air étrange ; pourtant il est normal que vous réfléchissiez. Si vous voulez me revoir pour me donner réponse, vous me trouverez à cette adresse.

Lazare regarda le papier et, lorsqu'il releva la tête, il ne vit plus rien. Le chapeau haut de forme avait disparu. Alors il lut l'adresse, puis le nom : « Moisson-Desroches, ingénieur des mines ». Il venait de parler à l'auteur de ce fameux « Mémoire sur la possibilité d'abréger les distances en sillonnant l'empire de sept grandes voies ferrées ».

Ce mémoire, présenté à Napoléon Ier en 1814, faisait donc de Moisson-Desroches le promoteur des chemins de fer en France. Il avait été, en outre, député de la Loire jusqu'en 1848.

Une occasion unique se présentait à Lazare de tenter sa chance dans cette voie où l'attiraient ses goûts et ses dons. On le vit hésiter, remonter la ruelle des Chazeaux, comme pour aller chercher sa boîte à outils, dire adieu à ses amis et partir prendre le coche d'eau pour rejoindre Tarascon. Puis, arrivé près de la maison Gagneur, il se retourna d'une pièce et, abandonnant cette idée, retourner, pour l'amour de Marie-Adélaïde, prendre la pelle dans les fouilles de Port Rambaud.

Le soir, il revit la jeune fille et se sentit aussi solidement lié à Lyon que par une menotte de fer, forgée juste à sa mesure. Il eut beau passer la nuit à débattre et à rebattre le sujet, toujours la chair de cette fille était plus forte que l'amour du métier et que l'ambition de sa jeunesse.

Les jours se succédèrent. Marie était de plus en plus rare et secrète. Habile à manier les hommes, semblait-il, elle se dissimulait pour se rendre plus désirable. Alors Lazare se prit à lire et à relire l'adresse de l'ingénieur. Un soir, il froissa le papier dans sa poche, mit sa casquette propre et prit le trottoir afin de se rendre chez Moisson-Desroches pour lui dire : « Me voici, envoyez-moi près de votre monsieur » mais il n'avait pas fait vingt pas que, devant lui, sous la lanterne qui éclairait la ruelle, il vit, plus belle que jamais, Marie-Adélaïde, qui venait à lui en souriant.

Il n'avait plus son air de triomphe mais plutôt celui d'un mendiant.

— On ne vous voit plus, Marie, et pourtant j'aurais du plaisir à vous faire danser de temps en temps, et surtout j'aimerais vous parler, assis près de vous, dans votre petit jardin.

Elle sourit avec un air de grande sincérité :

— Moi aussi, je voudrais bien passer plus de temps avec vous, croyez-moi, mais...

La ruelle était sombre, il voulut l'embrasser mais elle s'échappa en riant et entra en courant dans le jardinet.

De déception, il faucha du pied une touffe de giroflées qui passait à travers la palissade.

Chaque matin, il essayait de la rencontrer avant de se rendre au chantier. Le plus souvent, il voyait le rideau frissonner et il devinait qu'elle regardait, mais elle se dissimulait pour n'ouvrir la fenêtre que lorsqu'il était déjà loin, alors elle répondait à son signe par un sourire merveilleux et, parfois, agitait la main.

Lazare en était bouleversé. Sans cesse ballotté entre le flux de l'espoir et le reflux de l'incertitude, il passait des journées fiévreuses à remuer la terre, au fond de son trou. Pour s'apaiser, il se fixait des tâches de géant, remuait deux fois plus de déblai que les autres et, à la pause de midi, faisait le pari de soulever un wagonnet ou de briser sur son genou un manche d'outil. A part ces jongleries, il vivait comme retiré, ayant perdu tout à la fois son beau caquet, sa verve bourguignonne et la fleurette de sa casquette.

Souvent, lorsque Marie s'était simplement montrée à la croisée et qu'il était parti au travail gonflé simplement d'un petit sourire, frais et léger comme une brise, on l'entendait ronchonner en maniant rageusement le pic :

— Tu as bonne mine, pauvre Ladre[1], de venir faire des trous à ce prix-là. Fossoyeur de malheur ! C'est pour y loger tes chansons que tu reveûilles[2] la terre, hein ? C'est pour y enterrer ta bonne vie que tu creuses des pertuis dans ce sol lyonnais, froid et noir comme ses gens ! Elle t'a ficelé, ta belle Lyonnaise de glace et de pluie ! Elle t'a troussé comme un poulet de Louhans, te v'là prêt à cuire, à rôtir, à découper, à manger, pendant que ta grande gueuse de liberté t'appelle du côté de Beaucaire ! Grand pangniâs de ferrailleur qui troques les chansons de la forge et le plaisir du voyage contre la boue de Perrache pour une belle statue de pierre, aussi garce qu'elle est jolie !

D'autres fois, il se sentait heureux et comme soulevé de terre parce qu'elle lui avait dit :

1. Ladre : Lazare, en patois bourguignon.
2. Reveûiller : remuer, en patois bourguignon.

— Lazare, comme j'aimerais aller au bal avec vous ! mais voyez, j'ai du travail !

Elle montrait ses étoffes brillantes qu'elle fronçait, drapait, épinglait sur un mannequin blanc cambré, bourré de crin, monté sur son pied noir.

— Laissez là vos fanfreluches, vous n'en serez pas moins belle, au contraire.

Elle souriait d'un air bizarre, un peu triste, et continuait, épingles aux lèvres, à fignoler ses nippes trop pimpantes.

Un soir, enfin, comme il insistait, elle s'écria :

— Après tout, vous avez raison, sortons et amusons-nous !

Il l'emmena du côté de Vaise, sur les bords de la Saône où il avait trouvé une guinguette à musique. Il lui fit boire un peu de Pouilly, puis, au retour, il lui offrit son bras sur lequel elle s'appuya légèrement. Arrivé dans un coin plus tranquille, il lui dit :

— Marie, vous m'avez assez éprouvé par votre froideur, vous voyez bien que je tiens à vous : j'ai refusé une bonne place, pour vous je néglige le métier qui me tient le plus au cœur, pour vous, je patauge dans la boue et je vis avec des pignoufes, des bons à rien, des manœuvres, je perds ma vie...

— Mais qui vous oblige, Lazare ? dit-elle.

— Vous le savez bien. Renvoyez-moi ou prenez-moi, mais ne me faites pas jouer à hue et à dia comme la navette de vos métiers à tisser !

Elle se tut et voulut marcher plus vite, mais elle s'appuya plus pleinement sur le bras du jeune homme. Tout à coup, comme il la sentait presque crispée, il se tourna, la prit par les épaules et l'embrassa violemment avec tout le savoir et toute l'ardeur dont il était capable. Elle se laissa faire, non pas molle, mais abandonnée. Puis, brusquement, se reprit, comme honteuse.

Ils rentrèrent vivement, sans parler. Elle paraissait heureuse comme une fleur au soleil. Lui se sentait dix fois plus fort.

A partir de ce soir-là, il ne la vit plus que deux ou trois fois dans la semaine. Elle lui souriait à peine et parlait de la mévente des tissus ou bien de questions plus sérieuses encore, avec le jugement le plus aisé, la logique la plus rigoureuse, écartant les plaisanteries du Bourguignon, réclamant, par sa mine grave, le respect que l'on doit aux affaires. Elle additionnait, multipliait, divisait, de tête, des nombres de plusieurs chiffres avec la même aisance que Lazare forgeait un clou.

V

Châteauneuf, perdu au rebord de ses monts, surveillait toujours la dépression d'Arnay et la vallée silencieuse de la Vandenesse. Tous les jours c'était la même douceur, le même rythme dans le cadre des saisons. Seules changeaient les couleurs, sous le grand ciel, et Céline, entraînée par le cycle de son travail, oubliait même que les mois passaient.

Sa pie déplumée et crasseuse, promenait le balai de sa queue sur toutes les tables où traînaient des verres et ne se faisait pas faute de siroter les restes, jusqu'à en tomber, ivre morte.

Un soir, c'était au moment où Lazare embrassait sa Lyonnaise, elle disparut. Ce n'était hélas pas la première fois et Céline n'en eut qu'un peu plus de chagrin. Le lendemain, elle ne revint pas, pas plus que le surlendemain, pas plus que le dimanche suivant.

Elle était partie, de son vol bancal, rejoindre le sabotier au fond de la clairière de Montrefesse et, étant entrée, elle s'était mise à danser en criant pendant qu'Alexandre, qui comprenait ce langage, versait du vin dans un verre. Alors, déjà excitée,

Margot avait voleté jusqu'au goulot de la bouteille, mais Alexandre, d'un geste, l'avait écartée en ricanant :

— Ah ! chareigne, tu la connais la bouteille hein ! mais bernique c'est pas pour toi !

Et Alexandre avait bu lui-même, d'une seule lampée. La pie se jeta sur lui, le bec ouvert. Il se versa un second verre et le but de la même façon, mais cette fois, Margot vint droit sur lui, le bec en avant, et il s'en fallut de peu qu'elle l'éborgnât. Pour se défendre il empoigna sa canne et se mit à faire de grands moulinets sifflants, l'oiseau, évitant les coups, voletait partout, renversant les bougeoirs, les gamelles sales, les outils, les statues, revenait à la charge, méchante, chaque fois qu'elle le pouvait, pour aller enfin se percher au plus haut du rayonnage.

Puis tout retomba dans le silence, et Alexandre se mit à sculpter, d'une gouge fiévreuse, ses hautes images de bois. Alignées sur son établi, sur les rayons, partout, ses œuvres, longuement fignolées, faisaient l'ensemble le plus étonnant qu'on pût voir et Alexandre, amaigri, levant les yeux, se mit à les contempler en souriant, pensant au jour où il les montrerait à tout le village émerveillé.

Pendant ce temps, Céline appelait Margot à tous les échos. Elle allait au fournil, à la grange, dans les étables et ne trouvait rien. Elle montait à l'église, passait chez les amies où elle avait coutume de jaser à ses heures perdues : « N'as-tu pas vu Margot ? » disait-elle.

— Non, nous n'avons pas vu ton agasse, lui répondait-on et on la regardait partir en hochant la tête.

Après plus d'une heure de quête, elle rentra chez elle. Quand elle arriva dans la cour, elle vit un cabriolet attelé d'une belle pouliche bien propre. Dans la salle, deux hommes vêtus de noir étaient attablés devant son père.

— Céline, lui dit le vieux, voilà Antoine Blaisot, mon camarade, qui vient de me demander ta main pour son fils François.

Elle regarda le jeune homme sans trop de gêne, car elle avait dansé avec lui aux fêtes. Elle sourit un peu et demanda poliment à réfléchir. Elle fit comme une révérence et, très vite, sortit. Elle resta un moment immobile, les poings fermés sur sa jolie poitrine. On entendit le père qui disait :

— Vous pensez, un jeune poulet de grain comme ça, c'est tout revorché aussitôt qu'on parle mariage !

Céline se mit à courir ; elle arriva ainsi jusque sur la terrasse d'où elle avait vu disparaître Lazare le jour de son départ, il y avait déjà dix mois. Elle s'accouda au petit mur d'où l'on voit l'horizon du Morvan. Une à une, les lumières des villages s'allumaient, mais elle ne les voyait pas. Pour la millième fois, elle répétait aux étoiles sa complainte inutile :

— Lazare, Lazare, pourquoi es-tu parti ? Voilà maintenant que tu ne m'écris plus, que ta pie est perdue et que François Blaisot me demande en mariage !

Elle releva sa jupe et monta jusqu'à la cabane du sabotier. Elle regarda par la lucarne et ne vit qu'Alexandre, presque à genoux, taillant son bois avec tant d'ardeur, parmi ses saints et ses prophètes, qu'elle se retira sur la pointe des pieds.

Pour revenir à la maison, elle évita le chemin, la

rue, les maisons, passa par le raccourci et les petites venelles qui serpentent dans les broussailles, puis elle attendit, pour rentrer, qu'il fît bien nuit. Il faisait doux. Un vent, dans les hauteurs, poussait deux petits nuages, encore roux, dans le ciel. Le vieux pays s'endormait, sans fièvre et sans inquiétude. Céline fut un peu consolée par l'éternelle et silencieuse gaieté de la nature et elle prit un peu les monts et les friches à témoin. Elle ressentit grand bien car, au milieu de ces bouleversements, de ces trahisons, malgré les folies ou les interventions des hommes, la nature seule est fidèle. La jeune fille écoutait couler le petit ruisseau, dans le fond de la combe. C'était l'eau du pays qui descendait vers la Vandenesse, vers l'Ouche, la Saône puis le Rhône et, à la même heure sur le quai, Lazare regardait couler le fleuve et pensait : « Là-dedans, il y a l'eau de nos friches, l'eau de mes bois, l'eau de mes vignes » et il lui semblait l'entendre l'appeler, en patois de chez lui. Un grand remords lui venait. Il se sentait dépaysé et pensait : « Je devrais remonter vers mon village... et me remettre tout bêtement à ferrer mes chevaux plutôt que de faire l'apprenti goujat ici. »

Mais, là-dessus, il entendait siffler du côté de la place des Jacobins : c'était une locomotive qui, venant de Saint-Étienne, avertissait ses admirateurs de son arrivée. Alors Lazare, oubliant tous ses soucis, gagnait l'embarcadère au pas de course. Il était de ceux qu'on voyait béer devant l'engin et il était le plus enragé de tous (et Dieu sait s'il y en avait) pour la palper ; tout l'intéressait dans ce gros animal essoufflé, suant et renâclant, même les escarbilles rougeoyantes qui tombaient sur le sol, comme des fientes embrasées, déchets de cette digestion infernale.

Et il restait là en contemplation, jasant avec Pierre et Paul à seule fin de montrer à tous qu'il était au courant de tout. Puis, quand les badauds étaient partis et que la machine regagnait sa rotonde, il rentrait lentement chez les Gagneur, silhouette noire dans la brume grise, et, au passage, l'eau de la Saône restait pour lui muette.

C'est en rentrant ainsi qu'un soir, il fit la connaissance de « Tripe-Sèche ».

C'était un bon gros qui roulait les *r* et jurait des « bon d'là ».

— Toi, dit-il à Lazare, tu as un nez de la Côte-d'Or et, quand tu parles, le vent souffle de chez moi !

— Ça se pourrait ben ! répondit Lazare en riant.

Et ils se mirent à dévider le chapelet des noms et des connaissances. Tripe-Sèche était de Santenay, le pays du bon vin blanc des Gravières ; il était venu à Lyon attiré par le chemin de fer, comme Lazare, mais, depuis deux ans, il conduisait les locomotives sur la ligne d'Andrézieux à Lyon.

C'était un buveur et un joueur, un de ces hommes qui ne s'enrichissent pas, donnant à qui demandait, gâchant son temps à distribuer des services qu'on ne lui rendait jamais, bref, un vrai mécanicien, gonflé de vie à taper.

Venu au train du soir, il avait une nuit à dépenser avant de s'en retourner à Roanne par le train du matin.

— Viens avec moi chez Justice, dit-il à notre ami, et si les gens du chaudron te plaisent, tu en verras tout ton saoul.

Ils gagnèrent l'extrême bout du quai et, dans un recoin, trouvèrent une auberge encore éclairée, quoique les volets fussent mis.

Ce bouchon était tenu par un aubergiste finaud qui n'avait pas craint de peindre, sur le panneau de son tourne-bride : « Au Rendez-vous des Chemins de Fer ».

Trois fois on lui avait brisé l'enseigne. Trois fois, il l'avait repeinte sans en changer un jambage. Cela lui avait valu de perdre toute sa clientèle batelière ; plein d'une éloquence narquoise de Nivernais, il s'accotait au chambranle de sa porte et pérorait :

— J'y perdrai ma fortune, vieux gars, mais nom de foutre, je ne veux régaler ici que des gens de « la ligne » et je ne vendrai mon clairet de Sancerre ou mon « fumé » qu'aux gens à qui je veux du bien.

Renonçant ainsi à la meilleure clientèle qui fût jamais, celle des péniches, cet homme (le père Justice était son nom) passait pour un fou ou pour un héros, ce qui est tout un, mais au fond, son calcul était bon, car la clientèle des machines et du dépôt se révélait au moins aussi ardente à boire que l'autre.

Chez lui, donc, Lazare trouva des compagnons qui, forts en voix et hauts en couleur, formaient « la confrérie du chaudron », solide franc-maçonnerie de tous les chauffeurs et mécaniciens qui juraient de se venir en aide en toutes circonstances.

Sans en devenir « grand maître » ni même « chevalier », Lazare devait, à la longue, réussir à être admis comme catéchumène. On l'acceptait à cause de ses certificats et de son passé sur les chantiers, un peu aussi en raison de la personnalité de son parrain Tripe-Sèche.

Pour mériter cet honneur, Lazare se crut obligé de boire autant qu'eux, car tous ces gens étaient fort assoiffés.

Certes, l'abus du vin est néfaste et l'alcool est l'ennemi de l'homme, chacun sait ça, bien qu'en ce temps-là on n'y eût pas encore pris garde, mais il faut dire que d'être sur la plate-forme des machines, sous les intempéries, et de pelleter, abrité seulement d'un gibus, vous dessèche le corps bien davantage que de voguer gentiment sur l'eau.

Aussi tous ces gratteurs de suie, pour éteindre le feu de leurs boyaux, buvaient habituellement... mais si habituellement qu'on peut à peine parler d'abus.

Tripe-Sèche était, parmi, le plus joyeux et le plus insouciant ! Il avait même une façon à lui de soigner les malaises, les coliques, les fièvres et les humeurs : il prenait tout simplement un lavement au vin. Il disait :

— Pourquoi pas, de temps en temps, changer de côté ?

Entre deux parties de boules, ces honnêtes gens jouaient au « Roannat », un jeu importé par les mécaniciens de Roanne, qui le tenaient eux-mêmes... de bateliers de la Loire.

Ce jeu était terrible. Non tant seulement par la complication de ses règles, mais surtout par la rigueur de ses enjeux : le perdant, en effet, ne devait-il pas se contenter de regarder boire les autres ?

La « confrérie du Chaudron », pour mériter une réputation, enrichissait à plaisir ses règlements et ses rites. Ainsi une épreuve de force était imposée aux récipiendaires. Il fallait soulever des barres, des roues, porter à bout de bras des bielles et des pistons.

Lazare fit merveille en ces épreuves. D'ailleurs, pour prouver sa force, il se fût éventré à mort.

C'est dans cette compagnie, désormais, qu'il se plaisait, pour y entendre ses futurs collègues raconter les incidents de route, et les instants qu'il passait là le dédommageaient de bien des crève-cœur. Il y mangeait quelquefois, lorsque papa Justice y mijotait des lamproies étuvées ou un brochet au bleu. Car ce transfuge de la marine avait conservé, de son ancienne clientèle, un fameux livre de recettes poissonnières et chacun y trouvait son régal.

Lazare, donc, les soirs de pâté d'anguilles, venait là, donner le spectacle de son appétit. On l'attendait, on plaisantait son ardeur à nouer son mouchoir à son cou et, dès qu'il prenait la fourchette, les paris s'engageaient, car, bien que tous fussent de gros mangeurs, Lazare ne tarda pas à se distinguer parmi eux. Bien plus, tout en mangeant, c'était lui qui trouvait le moyen de jaser le plus fort et le plus souvent.

Il arrivait, s'asseyait sans dire un mot, mais, aussitôt qu'il avait mis trois bouchées sur sa conscience, il prenait sa vraie voix et, tranchant, taillant, cinglait tout le monde d'une verve dure mais si cocasse que l'on riait plutôt que de se fâcher. Et Tripe-Sèche disait :

— Il a le coup de langue aussi dur que le coup de fourchette !

Et Lazare répondait :

— Bien jaser est à moitié digérer.

D'autres fois il disait aussi :

— Jaser c'est la moitié de la vie !

Une parole en appelle une autre ! Un jour il fit

trois paris. Le premier consistait à manger à lui seul une carpe farcie de quatre livres. Il mangea la carpe et redemanda du petit salé aux haricots, du fromage et un flan.

Ainsi remonté, il se sentit fin prêt pour tenir un second pari : sortir de terre une vieille bigorne rouillée, de plus de cent cinquante kilos, la charger sur son dos et la jeter dans la Saône depuis le pont de la Mulatière. Il le fit.

Cet effort l'ayant échauffé, il tint le troisième pari de la soirée : construire à lui seul, entièrement à la main, une réduction de la première locomotive de Thomas Russell Crampton qui avait fonctionné sur le chemin de fer Liège-Namur, en 1847, mais que Lazare n'avait jamais vue.

Cette réduction devait pouvoir fonctionner à la vapeur.

Le fait qu'il tint ce pari lui donna, sur-le-champ, une réputation de bon ouvrier, ce qui était, en ce temps-là, la meilleure carte de visite. Il restait à savoir s'il le gagnerait.

Cette question passionna les séances de la confrérie. Plusieurs « chevaliers » doutaient de la réussite, mais Lazare était sûr de son fait, comme toujours. Ce soir-là, il quitta ses amis en disant :

— Allons, remontons chez nos buveurs d'eau !

VI

En arrivant là-haut, il voyait la lumière passer entre les jalousies de la fenêtre de Marie-Adélaïde. Il prenait une poignée de petits graviers et les lançait sur le volet. Lazare avait alors la joie de voir la silhouette de Marie se découper dans le halo de lumière.

Il l'invitait à venir se promener au clair de lune. Elle lui montrait son ouvrage en disant :

— Je n'en ai pas le temps, mon pauvre ami.

Une fois pourtant, sans bruit, elle descendit.

— L'air me fera du bien, dit-elle, lorsqu'elle fut dehors.

Elle lui prit la main et ils marchèrent ainsi. Lazare était fou de joie et il chantait si fort qu'elle lui disait :

— Taisez-vous Lazare, les sergents de ville vont nous arrêter.

Plus loin, il essaya de l'embrasser, mais l'ayant bâillonné de sa fine main parfumée, elle se mit à rire en disant :

— Pas encore ! Rentrons, voulez-vous ?

— Alors quand voudrez-vous, Marie, être gentille pour moi ?

— N'en demandez pas trop, mon ami !

— J'allais justement vous en demander davantage.

— Je vous en prie, Monsieur Lazare, soyez convenable.

— N'est-ce pas convenable de demander à une belle fille de devenir Madame Lazare Denizot ?

Elle se mit à rire de plus belle et le jeune homme en fut froissé :

— Est-ce si drôle qu'un homme solide et bien portant cherche à prendre femme ?

Elle riait toujours avec une arrogante coquetterie qui la rendait plus désirable.

— Allez en parler à mon père, nous verrons ensuite, dit-elle.

— Je voudrais d'abord avoir un baiser, répondit Lazare.

— Et qui vous dit que je veuille d'un homme qui n'est même pas conducteur de locomotive ? répondit-elle en entrant brusquement chez elle.

Cette scène fut le début d'une longue bouderie. Lazare, vexé, eut une crise de rage qui dura huit bonnes journées, puis il se rendit à l'adresse que Moisson-Desroches lui avait donnée. Il se heurta à la porte close. La gardienne lui dit :

— Monsieur Desroches est parti à Sury-le-Comtal, où sa fille est tout simplement receveuse des Postes. Oui Monsieur, comme une simple fille d'instituteur ! C'est une honte qu'un homme comme Monsieur Desroches en soit réduit à faire travailler sa fille ! Malgré qu'il soit ingénieur en chef des Mines ses capacités et son mérite ne l'ont pas enrichi, et je lui dis souvent : « Sans vos enfants, vous tomberiez dans la misère, mon bon monsieur ! »

Lazare n'écoutait pas, il réfléchissait pendant que la femme continuait : « Il vit en ermite, timide et retiré, il donne tout ce qu'il a, il passe son temps à écrire de la philosophie et même de la théologie, et ne pense même pas à manger ! Et, bien qu'il ait inventé le chemin de fer, il est presque inconnu... »

Lazare revint au chantier où il se mit à pelleter la terre.

Le samedi suivant, lorsqu'il vit Marie, il l'aborda avec un large sourire :

— J'ai entrepris un travail qui, je le pense, me donnera plus rapidement une place de mécanicien.

Marie-Adélaïde eut la curiosité de demander :

— Et quel est ce travail ?

— Vous le saurez, ma belle, dans un mois, dit-il.

— C'est bien long.

— Oui, c'est assez long, c'est pourquoi je veux vous faire, dès demain, une autre surprise : je veux vous emmener faire un voyage en chemin de fer.

Marie sursauta et resta sans voix, le souffle court :

— En chemin de fer ? dit-elle lorsqu'elle eut repris ses sens. Un voyage ? Mais vous êtes fou !

— Cela ne vous plairait-il pas ?

Elle hésita pour répondre.

— C'est dangereux et... ce n'est pas convenable.

Mais elle avait les yeux brillants d'envie.

— De toute façon, dit-elle tout émue, demandez à mon père. Je doute fort qu'il accepte.

A table, Lazare dit brusquement au vieux Gagneur, sans un mot de préparation :

— Papa Gagneur, que diriez-vous d'un voyage en chemin de fer ?

On entendit un bruit d'étouffement, des cuillers tombèrent à terre, et l'on resta ensuite un moment dans le silence. Le père Gagneur et l'oncle Hippolyte étaient congestionnés.

— Vous êtes fou, mon bon ami, put dire l'oncle.

— Vous n'y pensez pas ! appuya papa Gagneur.

— J'y pense parfaitement, reprit Lazare, et je vous invite à venir avec moi à Saint-Étienne demain.

Il y eut encore un temps, puis on entendit l'oncle prononcer avec dédain :

— Ira qui voudra, mais, moi, je me récuse.

— Ne comptez pas sur moi non plus, ami Lazare, ajouta le père.

— Alors, j'irai donc seule avec mon frère et Monsieur Lazare ? dit ingénument Marie-Adélaïde.

— Toi ? ma fille ? tu penserais te lancer sur les routes du monde en compagnie de deux jeunes hommes ?

— Mais c'est mon frère et Monsieur Lazare, pleurnicha la belle.

— J'ai confiance en eux, répondit le vieux, mais que dirait-on de toi ?

Marie-Adélaïde joignit gentiment les mains :

— Mon petit papa, je t'en supplie !

— Obéis, ma fille, répondit-il doucement, d'ailleurs tu sais bien que c'est impossible !

Là-dessus, l'oncle bon apôtre, cravaté jusqu'aux oreilles, se mit à déclamer ses plus belles litanies :

— Quelle génération ! Une jeune fille qui brûle d'envie d'aller errer en compagnie de deux hommes !

— Je peux y aller seul avec elle, si un de nous

deux, Grand Frisé, est de trop ! s'écria Lazare en clignant de l'œil.

— Le moment n'est pas à la plaisanterie, croyez-moi, reprit l'homme au collet rigoureusement monté. C'est beaucoup plus grave que vous ne pensez et nous touchons du doigt l'horreur de l'affreuse crise qu'a déclenchée cette invention infernale. Les voyages faciles, rapides, vont tenter les jeunes gens, les jeunes filles, non seulement l'ouverture des chantiers a attiré des foules d'ouvriers dans les grandes villes où ils se démoralisent, et répugnent à retourner dans leurs chaumières, comme le disait mon frère l'autre jour, mais encore on donne à une jeunesse affranchie de toute servitude la possibilité de quitter le foyer domestique !

— Remarquez l'oncle, dit Lazare, que nous serons rentrés dans la soirée de demain.

— N'est-il pas dangereux, reprenait l'oncle, de donner à des jeunes gens entraînés par le dépit ou le plaisir, la possibilité de s'enfuir au moment même, sous le coup de la passion ?

— Nous n'en sommes pas là, oncle, reprenait le Grand Frisé, puisque nous allons manger à Saint-Étienne, nous revenons le soir et c'est tout !

— Et où prendriez-vous l'énorme somme nécessaire pour payer votre voyage, mes enfants ? s'écria le père.

Il y eut un silence, puis Lazare, avec calme, expliqua :

— Le prix du billet pour une personne coûte 4 francs.

— Quelle horreur ! 4 francs ! murmura l'oncle.

— Nous sommes trois, soit 12 francs, reprit Lazare

qui aligna, sur la table, deux pièces de cinq francs et deux pièces d'un franc.

— Vous engloutiriez dans cette folie le salaire de quatre longues journées de travail ? demanda l'oncle.

Lazare ne répondit pas et posa la question :

— C'est dit, nous y allons !

Il y eut un très long silence et ce fut papa Gagneur qui répondit :

— De toute façon, Marie ne peut y aller, quant à vous, jeunes gens, vous savez ce que vous avez à faire. Prenez vos responsabilités.

Et tout le monde gagna son lit.

VII

Le lendemain, au lever du soleil, Lazare et Grand Frisé s'habillèrent et ils s'apprêtaient à sortir lorsque l'oncle Hippolyte entra dans la salle commune. Il était vêtu de sa plus belle redingote et portait sur le bras une pelisse de fourrure. A la main, il tenait une sacoche.

— J'ai réfléchi, dit-il d'un air pénétré, et je crois qu'il est de mon devoir d'accompagner deux jeunes fous comme vous. Mon expérience peut vous faire éviter bien des sottises.

— A la bonne heure, dit Lazare en riant sous cape, vous, au moins, vous savez vous sacrifier, à l'occasion.

Et les trois hommes partirent en hâte vers l'embarcadère. Là régnait une agitation qui stimula fort le courage du sermonneur. Rien n'est réconfortant comme de voir travailler les autres. L'oncle se fourra partout, toucha à tout, voulut tout voir et tout savoir. Il était visible qu'il prenait là un grand plaisir, mais il le dissimulait avec soin et manifestait sa désapprobation en grommelant, paraphrasant le passage célèbre de Louis Veuillot, son écrivain préféré :

— Quoi de plus triste que ces gares de chemin de fer ? Je n'y vois que visages affairés et mornes ! Ces employés, surtout, me font peine ; toujours secoués dans ce vacarme, toujours enchaînés à ce tourbillon !...

« Et dire que des foules d'hommes postulent pour ces emplois ! Pas de place de gratteur de suie qui ne trouve deux cents preneurs ! Cela fait frémir...

Devant le spectacle grouillant des employés préparant le convoi et des voyageurs montant dans les coupés, il ne put s'empêcher de laisser paraître son admiration mais il se reprit bien vite et, revenu à des sentiments plus convenables, il s'écria :

— Quelle agitation de fous ! Les gestes désordonnés de tout ce monde montrent bien qu'il y a là une exaspération collective qui mène la plupart de ces gens tout droit à l'asile d'aliénés !

Les employés chargeaient les bagages, fermaient les portières, et l'oncle, par principe, y vit encore matière à lamentations :

— Quand je vois, disait-il, cette multitude d'hommes embrigadés et numérotés qui courent, qui remuent des fardeaux, qui n'ont même plus de chef qu'ils puissent aimer, serfs d'un être collectif : L'ADMINISTRATION, qui ne communique avec eux que par d'autres serfs dont ils reçoivent de brèves consignes, je me demande où va le monde !

— Ne vous faites pas tant de coruscation pour « le monde », oncle Hippolyte ! s'écria Lazare, montez donc plutôt sur votre coussin ! Ne récitez plus la prose du baron de Thiard [1] et regardez de tous vos yeux !

Tous les voyageurs faisaient encore leur cour à « Sa Majesté la Locomotive » lorsqu'une cloche sonna ; c'était celle du départ. Instant unique. Ce fut une ruée vers les voitures, puis des commandements furent faits au sifflet de marine. Tout le monde se taisait, ému et un peu inquiet.

Lazare et le Grand Frisé étaient comme en extase. Penchés par la portière, ils regardaient vers la tête du train afin de voir, du mieux qu'ils pouvaient, la machine dont on entendait déjà le souffle syncopé.

L'oncle, nonchalamment étendu sur les banquettes capitonnées de drap, affichait la plus grande indifférence pour la machine, mais on le sentait sensible à la nouveauté, au confort d'un tel mode de locomotion. Il ne conservait sa mine contrite que pour bien montrer qu'il n'était là que pour retenir les deux jeunes gens sur la pente de l'imprudence.

Lorsqu'ils eurent vu les premiers jets de vapeur s'échapper des soupapes, la vitesse devint telle qu'il ne leur fut plus possible de rester penchés en dehors. Alors ils fermèrent la portière et s'assirent auprès de l'oncle, sans quitter des yeux le paysage qui, dans le cadre de la fenêtre, défilait avec une rapidité vertigineuse.

— Pensez, qu'étant partis à six heures et demie nous arriverons à Saint-Étienne à neuf heures ! dit Lazare.

— En serons-nous plus riches ? grommela l'oncle.

— Tout de même, oncle, dit Grand Frisé, avant le

1. Ancien chambellan de Napoléon Ier, député de Saône-et-Loire, puis des Côtes-du-Nord, qui s'exprime comme l'oncle Hippolyte dans ses *Souvenirs diplomatiques*.

chemin de fer, on payait deux fois plus cher et l'on mettait cinq heures de plus en été et six heures de plus en hiver ! En 1820, on mettait même seize heures ! Pour le charbon c'est encore bien mieux : les haleurs du canal mettent deux jours pour parcourir la distance qu'un train couvre en une heure !

Les deux jeunes gens guettaient les signaux, les ponts, les tunnels pour les admirer en connaisseurs. Chaque fois qu'on traversait des agglomérations ou des routes, ils agitaient leur mouchoir et hurlaient de joie, puis, le souffle coupé par la vitesse, ils retombaient sur les coussins, riant à gorge déployée.

— L'année prochaine, disait Grand Frisé, il y aura des voitures de troisième classe et nous voyagerons plus souvent, puisqu'on ne paiera que trois francs de Lyon à Saint-Étienne.

L'oncle soupira :

— Ainsi, la jeunesse de maintenant ne pense plus qu'à voyager, les vertus domestiques vont s'effriter, les mauvaises habitudes vont se prendre ! Ah ! je ne donne pas cher des hommes de 1960 et j'ose à peine imaginer quel sera leur sort... s'il en reste !

Après avoir suivi, jusqu'à Givors, la rive droite, la ligne prit la vallée du Gier et, bien que le paysage des monts du Lyonnais méritât le coup d'œil, Lazare et Grand Frisé, déjà cheminots de cœur, ne lui accordèrent pas la moindre attention. Pendant que l'oncle déplorait qu'on eût saccagé, par le passage de la ligne, ce lieu « si délicieusement romantique », les deux jeunes gens, papiers en main, guettaient les rampes, les percements et les ouvrages d'art.

— De Givors à La Montat, soit en trente-sept

kilomètres, disait Lazare, nous allons nous élever de 378 mètres !

Ou bien :

— Ici commence la rampe de 6,5 millimètres par mètre !… Nous attaquons la grande rampe de 13 millimètres.

Et, penchés à la fenêtre, les deux amis regardaient, dans les nombreuses courbes de la ligne, la vaillante locomotive faisant son travail. Au plus dur de la rampe, alors que le convoi ralentissait, ils encourageaient de la voix le chauffeur et le mécanicien, ils interpellaient familièrement la machine, qui, à leurs yeux, était un être vivant, sensible, doué d'une personnalité et capable de sympathie ou de ressentiment.

— C'est ici qu'eut lieu, il n'y a pas si longtemps, une horrible catastrophe : un train, parti de Saint-Étienne, fut obligé de stopper à Vernaison. Une machine de secours fut demandée à Lyon, mais un convoi de marchandises arriva aussitôt et on attela sa machine au train en détresse qui reprit sa marche. La machine de secours, envoyée de Lyon, suivait la même voie. La rencontre eut lieu ici même ! Huit voyageurs furent tués, cinq décédèrent le lendemain, les autres devinrent fous ! Le total des victimes dépassa cinquante !

On entendit un gémissement et, lorsque le convoi reparut à la lumière, les deux jeunes gens trouvèrent l'oncle évanoui. Ils le ranimèrent. Lorsqu'il ouvrit les yeux, il murmura :

— Je viens de passer un affreux moment !

— Vous n'en aurez que plus de mérite à retenir

deux jeunes gens sur la pente de l'égarement ! lui répondit Lazare.

Lorsque commença le tunnel de Terrenoire, au terme de l'ascension, Lazare prévint l'oncle Hippolyte :

— Nous allons passer sous la montagne du bois d'Avaize.

— Encore un tunnel ? s'effraya l'oncle.

— Oui, l'oncle, et c'est le plus long : nous allons rouler 1 500 mètres sous la montagne.

— Grand Dieu ! Près d'une lieue sous terre ! s'écria le bonhomme qui se cala dans son coin et, fermant les yeux, se mit à prier.

Pendant les cinq minutes que dura l'aventure, les deux jeunes gens devisèrent gaiement pour le tranquilliser. A vrai dire, ils étaient fortement émus eux-mêmes à la pensée de rouler pendant mille cinq cents mètres sous terre. L'atmosphère était enfumée et des escarbilles, encore rouges, tourbillonnaient autour du convoi.

L'oncle murmurait :

— C'est le sabbat ! oui, c'est le sabbat !

Mais il ne perdit pas ses sens cette fois.

A la gare de La Montat, il faisait un beau soleil. Les bois qui couvraient les monts étaient bien tentants, mais les voyageurs avaient autre chose à faire qu'à se promener dans les prés fleuris : Saint-Étienne, patrie du chemin de fer, leur offrait beaucoup mieux. Ils passèrent leur journée à piétiner les vénérables scories qui forment le sol de ce délicieux paradis ferroviaire.

Le soir, au retour, alors que le convoi redescendait à vive allure vers le Rhône, l'oncle poussa un petit cri. Lazare et le Grand Frisé qui jasaient le regardèrent. Ils le virent faire un grand signe de croix :

— Eh bien, oncle, vous sentez-vous mal ? demanda Grand Frisé.

— Non, non, dit le vieux, mais je pense tout à coup que c'est aujourd'hui dimanche ! Pour satisfaire un vil caprice, nous avons exigé que tous ces employés, ces mécaniciens, ces chauffeurs ne respectassent point le jour du Seigneur !

Il y eut un silence gêné. Ce fut le Bourguignon qui, avec le scepticisme souriant et caustique de sa race, le rompit en disant :

— Oncle Hippolyte, vous avez eu une bonne idée de n'y prendre garde que lorsqu'il était trop tard. Dieu vous en tiendra compte, n'en doutez pas !

TROISIÈME PARTIE

I

Qu'on se représente bien le tableau formé par les héros de cette histoire vraie :

Au fond des campagnes morvandelles, un garçon simple et casanier qui se replie sur lui-même, fuit les techniques du progrès et se met à sculpter, pour lui seul, des statues à bois perdu. Une fille sage et simple qui attend son amoureux.

Au centre de la grande agglomération lyonnaise, ce fiancé qui ne pense qu'à la mécanique et poursuit son rêve d'aimer le chemin de fer comme on aime un dieu, c'est-à-dire, en attendant et en exigeant tout de lui. Et, près de ce fiancé, une femme mystérieuse dont il ne sait ni si elle l'aime chastement, ni si elle se moque de lui.

Enfin, une pie qui se dévergonde et qui s'avilit et diminue au fur et à mesure que le jeune homme est conquis à la vie nouvelle.

Et tout ceci, à une époque où, malgré et peut-être à cause du progrès mécanique qui précipite l'essor économique et industriel, le monde ouvrier connaît une crise violente et douloureuse qu'un siècle ne parviendra pas à calmer.

Les ateliers nationaux ont fait fiasco. Le problème du chômage est grave : on voit un forgeron-chaudronnier, connaissant à fond son métier, attiré par la construction des grandes lignes de chemin de fer, obligé de s'employer à brouetter et pelleter des déblais, comme un manœuvre, pour gagner à peine deux francs par jour.

On le voit revenir le soir, avec le Grand Frisé, le dos rond de fatigue, les mains dans les poches. Ils passent sans entrer devant les bistroquets. Lorsqu'ils parlent, c'est pour agiter les questions économiques que la presse commence à divulguer. Ils en parlent encore en poussant la porte de la vieille maison Gagneur où les métiers à main travaillent moins, concurrencés par les métiers mécaniques des nouveaux centres de tissage de Roanne et d'Angleterre.

Appuyés aux vieux montants de bois grinçants, les hommes jasent et remâchent leur rancœur.

— C'est votre progrès, vos machines, vos mécaniques, disent les vieux, qui faussent ainsi le jeu ancien du travail. La machine chasse l'homme, nous allons vers un cataclysme où l'homme n'aura plus droit au travail.

— Vous le voyez bien, Monsieur Lazare, disait souvent l'oncle, vous qui étiez forgeron-chaudronnier et qui maintenant menez la brouette !

— Bientôt, reprenait papa Gagneur, des pelles mécaniques vous remplaceront peut-être dans ce travail, aussi invraisemblable que cela paraisse !

On riait un peu à cette boutade qui dépassait de bien loin les intentions de celui qui la prononçait, puis, sérieux et soucieux derechef, Lazare disait, haussant le ton :

— Mais ces pelles mécaniques, ces locomotives, ces métiers mécaniques, il faudra bien quelqu'un pour les construire et les conduire, et ça, c'est mon affaire.

— Et puis, reprenait Grand Frisé, si tout le travail se fait plus vite, on n'aura plus qu'à répartir, sur tous, le temps gagné grâce à la machine et nous aurons plus de loisirs pour nous distraire et nous instruire.

L'oncle Hippolyte levait les bras au ciel et, s'adressant à son frère :

— Victor, quelle jeunesse avons-nous là, qui cherche toujours plus d'aisance et d'oisiveté !

Puis l'oncle se tournait ensuite vers les jeunes gens pour leur dire :

— Vous avez la sainte journée du dimanche et cela ne vous suffit point ? Pensez que Dieu a créé le monde en six jours et s'est contenté du septième pour se reposer !

— Sans doute, rétorquait Lazare, mais il n'a pas recommencé la semaine suivante et il en est resté là !

L'oncle levait les yeux au ciel.

— Et puis, voyez-vous, l'oncle, continuait Lazare, nous ne sommes pas Dieu !

Là-dessus, la conversation repartait sur le sujet majeur, celui qui, depuis toujours, passionne les hommes : le travail. L'oncle l'entrevoyait, suivant le cas, comme une punition divine donnée à l'homme pour la faute originelle, ou comme un moyen de sanctification, ou encore comme une récompense terrestre donnée aux justes. Le père Gagneur, qui avait suivi Saint-Simon, l'envisageait d'une façon généreuse, quoique fort brumeuse, dans laquelle l'État tenait le rôle de pourvoyeur universel, et, enfin, les deux jeunes gens le considéraient comme un droit appartenant en propre à l'être humain et ne laissaient à l'État, dont le rôle prenait de plus en plus d'importance à leurs yeux, que l'obligation d'assurer du travail à tout être humain.

Ces discussions ne donnaient qu'une faible esquisse de la confusion qui régnait dans les esprits, pourtant elle suffit à dépeindre l'atmosphère de discussion qui, échauffée par les économistes et les politiciens, correspondait, dans le domaine des idées, au vertige dans lequel vivaient les savants et surtout les techniciens dans le domaine de la science.

Lazare et le Grand Frisé, dans leur révolte de déclassés ou de « sans travail », prévoyaient déjà le syndicalisme, alors même que le socialisme scientifique leur était encore inconnu. Poussée par l'évolution de la technique, l'évolution de la philosophie, de la politique et de l'économie politique se précipitait, et petit à petit, mûrissait tant bien que mal l'opinion, contrepoids du Prince, car ce n'était pas seulement chez Gagneur que l'on discutait ainsi, mais autour de toutes les lampes, à la veillée.

En ces veillées, Marie-Adélaïde, la belle Marie, toujours plus coquette, ne paraissait pas beaucoup. Elle s'enfermait dans sa chambre et on l'entendait froisser le satin. Les femmes coquettes sont à l'abri des grands soucis sociaux. C'est là le meilleur éloge de la coquetterie. Lorsqu'il lui arrivait de descendre dans la salle, c'était pour y chercher une bobine ou un ruban tout frais tissé.

Alors Lazare, aussi passionné qu'il fût par la discussion, s'en évadait rapidement et suivait la belle du regard. Lorsqu'on lui demandait ensuite son avis, revenu aux saines conceptions de la vie qui consistent à jouir de la seconde présente, il faisait le geste d'envoyer son bonnet par-dessus les moulins et il lançait, pour le plaisir de briller aux yeux de la belle :

— Tenez, voulez-vous que je vous dise, le travail, ce n'est ni un honneur, ni un déshonneur, ni un devoir, ni un droit, c'est une joie, c'est une jouissance et, de ce pas, je vais travailler.

Et il se levait, aux yeux ébahis de ses amis. Il se rendait dans la soupente qu'il partageait avec Grand Frisé. Il avait amassé là des outils de serrurerie, une petite forge, de la ferraille et, depuis qu'il était devenu terrassier, il y venait chaque soir faire risette aux attributs de son art et ainsi, patiemment, naissait d'après des plans qu'il s'était procurés, la petite « Crampton », objet du fameux pari. Quelquefois, il y passait la moitié de la nuit et lorsqu'il entendait sonner une heure aux horloges de la ville, il disait :

— Mon beau métier, il faut donc que je te prenne en fraude, la nuit, comme une maîtresse, entre deux remords ?

Et il restait accoudé devant des pièces de métal, des tringles, des roues, des coulisses, des tubes auxquels Grand Frisé ne comprenait rien.

Lazare regardait tout ça d'un air savant. On sentait que son œil rassemblait, dans l'ordre, toutes ces pièces d'acier et de cuivre et qu'il y voyait son objet. Le Grand Frisé n'était pas sûr, parfois, de n'y point voir tomber une larme. Il répétait, le lendemain matin, à son père, à sa sœur, à son oncle, ce qu'il avait vu :

— C'est plaisant de le voir travailler. Il lime, il

polit des petites bielles, il tourne des cylindres, que c'en est une merveille !

— Mais qu'en fait-il de ces bielles et de toutes ces pièces ? demandaient les vieux.

— Il n'a jamais voulu me le dire, répondait Grand Frisé, mais j'aime le voir travailler.

— Rien n'est beau, disait le père Gagneur, comme de voir travailler un compagnon qui connaît son affaire.

II

Un jour, alors qu'il rentrait dans le jardinet, Lazare se trouva devant Marie-Adélaïde.

— Je vous attendais, lui dit-elle, en s'approchant très près de lui.

Il en eut le souffle coupé et ne put répondre. Elle avait mis ses mitaines à grosses mailles rouge corail, sa robe à mantille et son plus beau chapeau.

— Vous aviez plutôt l'air d'aller en ville, dit enfin le forgeron.

— Je sortais, en effet, répondit-elle en riant, mais je vous attendais aussi.

— Pour me faire admirer votre nouvelle robe ?

— Un peu, oui. Mais surtout pour vous poser une question.

— Posez, belle Marie.

Elle mit son petit doigt sur ses lèvres humides et prit un air embarrassé, puis d'une voix délicieuse :

— Que fabriquez-vous donc dans votre chambre ?

— C'est un secret.

— En auriez-vous pour moi ?

— Pourquoi pas ?

— Faites-moi confidence.

Lazare resta hésitant, puis, souriant à demi :

— A une condition, dit-il.

— Laquelle ?

— Un baiser.

Sans qu'il eût pu faire un geste pour relever dignement sa moustache, elle était à son cou et, posant ses lèvres sur les siennes, elle lui donna un long baiser.

— Faites-moi voir maintenant, dit-elle.

Tout ébloui, il la fit entrer dans son atelier et, se plaçant devant l'établi, lui dit d'une voix altérée :

— Ce que vous allez voir, Marie-Adélaïde, n'est pas terminé, mais je tiens ma promesse.

Et il s'effaça.

La jeune fille, à la vue de la merveille, joignit les mains et eut un joli petit rire, le même qu'avait eu Céline devant les sculptures d'Alexandre :

— Une petite locomotive ! s'écria-t-elle. Comme c'est joli !

Il fut glacé, sur-le-champ. Joli ? Était-ce simplement joli cette merveille de mécanique, ce chef-d'œuvre de finesse ? Il regarda Marie-Adélaïde, qui, penchée sur la machine, jouait à faire fonctionner le régulateur en miniature.

— C'est une réduction fidèle. Un gros travail d'ajustage, dit-il d'une voix changée.

— Et ça marche ? demanda-t-elle en riant.

— Ça marchera, répondit-il sourdement.

Elle le regarda alors sans rien dire. Il la prit dans ses bras et l'embrassa. Elle se laissa faire, comme la dernière fois, puis, lorsqu'il se retira, voulut parler, remua les lèvres et se tut.

Comme il levait la main et disait : « Marie », elle

sortit en lui envoyant du bout des doigts un baiser qu'il trouva trop négligent. Quand elle fut partie et qu'il respira le parfum qu'elle avait laissé, il écouta son pas décroître dans la ruelle, en pleine nuit :

— Où peut-elle bien aller, seule, le soir ?

Il contempla sa petite machine et allait caresser la chaudière de sa grosse main, lorsqu'il prit brusquement sa casquette, s'en coiffa et, ayant noué son foulard, sortit dans la brume.

III

Il descendit, à pas de loup, la ruelle, s'arrêta pour écouter. Il entendit le trottinement bien connu du côté de l'impasse, s'y engagea et reconnut que l'écho l'avait trompé ; il suivit ainsi toute la ruelle des Chazeaux, s'arrêtant tous les dix ou vingt mètres. Devant lui, les pas de la jeune fille semblaient se rapprocher. Rasant les murs, il écoutait le bruit coquet de ses talons. Bientôt il l'aperçut ; elle se hâtait. Tantôt caché dans une encoignure de porte, tantôt courant pour regagner le terrain perdu, il la suivit jusqu'à la rue.

Là, il la vit s'arrêter à une porte, sonner, puis attendre. On vint ouvrir et Marie-Adélaïde Gagneur disparut. Lazare s'approcha de la porte et lut sur une riche enseigne : « *Ets MOLLSHÉ, Filature de Soie-Rubans.* » Il resta un moment interdit :

— Elle travaille, la nuit, dans une manufacture ?

Il s'apprêtait à remonter, lorsque, au coin du quai, il vit qu'un débit de boissons était encore ouvert. Pour célébrer cette soirée mémorable, il pensa : « Allons boire un pot ! »

Et il entra.

L'estaminet portait une enseigne énorme et haute en couleur, où l'on pouvait lire, parmi des trophées et des tambours richement dessinés : *Aux Bottes de Kléber*. A l'intérieur, deux bottes poussiéreuses trônaient au-dessus du comptoir-caisse. Sur une haute chaise se tenait une vieille femme, énorme et tapageuse, portant le costume des cantinières de l'Empire et qui apostrophait tous les clients :

— Beau chéri ! cria-t-elle à Lazare, viens m'embrasser avant de t'asseoir !

Il la toisa des pieds à la tête, un peu surpris. Elle s'écria :

— Tu en fais une figure ! Tu peux m'embrasser sans risquer le déshonneur. J'ai couché avec Kléber lui-même, et peu s'en fallut que je devienne Madame Napoléon ! Regarde ces bottes, ce sont celles de mon illustre amant ! Ce sont celles qu'il portait le jour où un salopard l'a assassiné, en Égypte. Depuis ce temps-là, elles ne me quittent plus, elles me portent bonheur !

Là-dessus, elle se mit à pleurer.

— M'est avis que vous avez eu le temps de vous consoler maman, répondit Lazare, car si j'ai bonne mémoire, voilà bientôt cinquante ans qu'il est mort votre Kléber !

— Cinquante ans, onze mois et dix-sept jours exactement, mon beau chéri, répondit la cantinière, et je ne m'en suis jamais consolée. Viens m'embrasser, ça me fera du bien, car tu lui ressembles.

« Bon, pensa Lazare, j'ai trouvé là une maison pas ordinaire. »

Et il alla poser sa moustache sur la grosse joue de

la patronne qui puait l'alcool. Puis il alla s'asseoir non loin pour jouir du spectacle.

Le café était fréquenté par des trimardeurs et des bateliers. Il s'assit et regarda autour de lui. Des groupes entraient et sortaient. Les buveurs, souvent bruyants, se tassaient autour de deux poêles en fonte.

On servit à Lazare un bon beaujolais qu'il savoura lentement. Il en était à sa dernière gorgée, lorsque deux sergents de ville, fort moustachus, comme il se doit, pénétrèrent dans l'établissement. Ils restèrent debout devant le seuil pendant que trois hommes qui étaient entrés avec eux, fermaient la porte soigneusement.

Il y eut un silence.

— Où est-il ? demanda le brigadier en se tournant vers les civils qui l'accompagnaient.

Lazare pensa qu'il allait assister à une rafle ou une arrestation. Aussi, s'apprêtait-il à profiter du spectacle, lorsque les hommes s'approchèrent de lui et, le montrant du doigt, s'écrièrent :

— C'est lui !

Lazare était déjà debout et reculait lentement.

— Arrêtez-le, brigadier, car il va encore nous échapper.

— C'est un dangereux brigand ! cria le plus vieux des dénonciateurs.

— Je suis un honnête homme ! cria Lazare en se portant du côté de celui qui l'injuriait.

L'autre le ceintura en criant :

— Je le tiens, brigadier ! A vous de faire votre travail !

Lazare d'un coup de reins et d'un coup de pied au creux de l'estomac s'était déjà débarrassé de son agresseur. Les deux autres se jetèrent sur lui, mais il avait eu le temps de renverser une table entre eux et lui. Il fit deux grands bonds. Les autres le suivirent mais, sans que les gendarmes aient eu le temps de faire un geste, il était déjà près de la porte qui donnait dans l'arrière-boutique.

En s'élançant à ses trousses, ses deux antagonistes crièrent :

— Attention, brigadier, il va se sauver !

— Me sauver ? devant vous, tas de péteux ! mais vous me connaissez mal !

Il reçut le premier d'un coup de poing au menton. Le troisième s'écria, sans faire un pas de plus :

— C'est bien lui, je le reconnais, il va se sauver !

Lazare, tranquillement, alla vers les gendarmes :

— Me sauver ? pas la peine. Je n'ai rien à me reprocher.

Le brigadier ricana :

— A la bonne heure, vous êtes fort à la lutte et à la savate. Nous verrons si vous serez aussi fort devant le Juge.

— Le Juge ? demanda Lazare.

— Taisez-vous, jeune homme, et dites-moi si vous étiez présent dans la région de Tournus (il prononça Tournusse) au mois d'avril ?

— Oui, j'y étais, répondit Lazare.

— Avez-vous pris part à une expédition contre plusieurs péniches amarrées dans la Saône ?

Lazare hésita.

— C'est-à-dire que...

— Pas d'histoires, cria le brigadier, étiez-vous au nombre des agresseurs ?

— Brigadier, nous étions attaqués, nous nous sommes défendus.

— Les incendiaires seront punis, mais les malfaiteurs qui coulèrent les péniches le seront aussi.

— Les malfaiteurs ? demanda Lazare, blême.

— Oui, les malfaiteurs, reprit le brigadier, en bombant le torse, je dirai même les criminels !

— Les criminels ?

— Oui, répondit le gendarme. Une femme et un enfant furent noyés.

Ces paroles tombèrent dans le silence. Tout le monde regardait Lazare. Il ne put supporter tous ces regards braqués sur lui.

— C'est bon, dit-il, allons devant le juge, je m'expliquerai.

C'est ainsi que Lazare Denizot sortit du café *Aux Bottes de Kléber* entre deux gendarmes.

Sous une pluie naissante qui faisait luire les pavés, le groupe disparut, alors que la mère Turlupin, les mains aux hanches, hochait la tête, en disant :

— Dommage, le beau chéri se battait pourtant bien, il ressemblait à mon illustre amant !

Puis, de sa grosse voix de cantinière d'Empire, elle cria :

— Allez, mes chéris, je ferme, en voilà assez pour ce soir !

Les hommes sortirent lentement, puis on entendit claquer les volets.

Les quais étaient déserts sous la pluie...

IV

Le lendemain matin, à la maison Gagneur, on fut bien étonné de ne pas entendre le bâillement sonore et profond par quoi Lazare annonçait son réveil. Bien étonnée et bien triste fut la société Gagneur de ne pas entendre non plus le « Salutas la compagnie ! » par lequel, tous les matins, le forgeron souhaitait le bonjour à ses amis. Lorsque Grand Frisé annonça que le Bourguignon n'était pas rentré de la nuit, chacun pensa ce que vous auriez pensé. Mais lorsque, à midi, puis au souper, sa place demeura vide, on commença d'être inquiet. Marie-Adélaïde dont la mine était pâlotte, en paraissait fort ennuyée. Grand Frisé partit aux renseignements sur le soir et ne rentra qu'à minuit sans rien avoir appris.

Au petit jour, ce fut Marie-Adélaïde elle-même qui s'en fut. Elle descendit tout droit vers la Saône, passa sans un regard devant l'enseigne *Mollshé, soieries et rubans* et, par hasard, entra *Aux bottes de Kléber.* La cantinière était déjà à son poste, quoique en toilette fort négligée. Aux premières questions que Marie lui posa, elle leva les bras au ciel.

— Grand Dieu, ma belle, c'est le vôtre ? Vous avez de la chance, car il embrasse bien et il ressemble à Kléber !

— Vous l'avez vu ? demanda Marie.

— Dommage qu'il soit un criminel, continuait la vieille.

— Un criminel ?

— Oui, ma pauvre petite, tous les hommes sont les mêmes, ils sont beaux, ils sont forts, ils se battent bien, ils embrassent bien, mais ce sont des saletés !

— Mais où est-il ?

— Sais pas. On l'a vu partir entre deux gendarmes, par là.

— Et qu'avait-il fait ?

— Il a noyé trois femmes et cinq enfants !

Marie Gagneur remonta en hâte chez elle. Aussitôt qu'elle eut mis son père au courant, le vieux canut prit son chapeau, sa canne et son caban et descendit en ville. Il ne revint que le soir, fort las, la mine triste, le regard lourd, tout imbibé de pluie et de brouillard.

— Il est inculpé de coups et blessures, d'agression à main armée, d'homicide, que sais-je ? Il est perdu, dit-il.

— Grand Dieu ! s'écria oncle Hippolyte, voilà les beaux résultats du progrès mécanique et de l'athéisme ! Nous abritions un criminel sous notre toit !

— Vous en abritez encore un autre, cria Grand Frisé excédé, j'étais avec lui et si l'on fait une enquête ici, je serai arrêté comme lui. Et pourtant nous n'avons fait que nous défendre, un peu brutalement peut-être, mais nous n'avons jamais pensé tuer quelqu'un.

Là-dessus Grand Frisé resta un instant songeur, puis il prit sa casquette et, à son tour, sortit.

Il se rendit en courant chez Moisson-Desroches qui le reçut avec grande bonhomie.

Le vieil ingénieur vivait dans un appartement minuscule encombré d'appareils, de vieux meubles, jonché de livres.

Grand Frisé lui raconta tout, depuis sa rencontre avec Lazare jusqu'à l'arrestation de celui-ci.

— Je vais m'occuper de votre ami, lui dit le vieil homme et, si je peux, j'essaierai de parler en sa faveur, mais pour que nous réussissions, voyez-vous, il faut que nous ayons la chance d'avoir affaire à un juge qui soit favorable au Chemin de fer, car il se peut que cette lamentable histoire serve encore de prétexte à des brimades déplorables. On va nous accuser de saccager, de piller, de tuer, que sais-je ? Nos concurrents, conduits par le sieur Conbayon peuvent s'emparer de cette affaire et la tourner à leur profit. Cette clique, fort bien cotée à Lyon, tient à sa dévotion une partie de la magistrature lyonnaise par l'intermédiaire de l'ex-juge Prosper Chappet, qui est des leurs. Ainsi, votre ami peut servir de bouc émissaire dans cette lutte d'intérêts particuliers.

« Il faut d'abord s'assurer, dit encore le vieux savant, en passant sa houppelande, que notre Lazare, qui me paraît être un honnête homme, un peu prompt, sera questionné, puis jugé par un homme intègre. Nous aurions bien de la chance si c'était un de nos amis.

Les deux hommes étaient descendus dans la rue et,

tout en parlant, se dirigeaient vers le centre. Moisson-Desroches recevait de nombreux coups de chapeau qu'il ne rendait jamais. Il allait en trottinant, presque au pas de gymnastique, sans s'arrêter, sans parler. Après avoir envisagé toutes les éventualités, il dressait à haute voix son plan de campagne, puis à nouveau faisait des hypothèses. Enfin, il en vint à se scandaliser de l'opposition que rencontrait, dans un certain monde d'affaires, l'idée du chemin de fer.

— Et pourtant, s'écria-t-il en plein milieu de la place Bellecour, en brandissant sa canne à torsade qu'il avait conservée de sa jeunesse, et pourtant, comme je le disais à Napoléon dans mon mémoire...

Tout le monde s'arrêtait autour de lui et les pigeons s'envolaient en masse, en un joli mouvement tournant. Arrêté par politesse près du savant Grand Frisé attendait patiemment la fin e de ce discours pour lui dire :

— Monsieur l'ingénieur, je suis au regret de vous quitter, mon travail m'appelle.

Mais le vieux Moisson-Desroches ne l'entendait pas.

Grand Frisé n'osait prendre congé du vieillard qui continuait d'abondance de cœur, lancé sur son sujet favori :

— Les chemins de fer, c'est l'ossature de la France de demain. La République meurt de ne l'avoir point compris. Je ne sais ce que va faire Louis-Napoléon Bonaparte, mais je souhaite que son projet de révision de la Constitution aboutisse, car alors l'avenir est à nous.

Puis, prenant en confidence le bras du Grand Frisé, il ajouta :

— J'espère même qu'il fera mieux que de réviser la Constitution, hi, hi ! quelque chose me dit que nous n'en avons plus pour longtemps à végéter, nous, les hommes de la vapeur ! Ah ! Ah ! car la famille Bonaparte a une façon à elle de réviser les Constitutions ! et si jamais Charles-Louis Napoléon suit les traces de son oncle, je vous assure jeune homme qu'il sera fait du bon travail en matière de voies de communication en France !

L'enthousiasme du bonhomme tomba dans un tel silence qu'il en fut tout étonné et sembla sortir d'un rêve.

— A propos, dit-il au Grand Frisé, ne m'avez-vous pas demandé quelque chose au sujet d'un de vos amis ?

— Oui, Monsieur l'ingénieur, vous savez bien, mon camarade Lazare Denizot que vous vous proposiez de recommander à une de vos connaissances...

— Oui, oui... Eh bien ?

— Eh bien, il est en prison pour...

— Ça y est ! Je me souviens maintenant ! J'allais de ce pas insister vivement en sa faveur auprès d'hommes influents qui partagent mon amour pour le chemin de fer et mon espoir pour la réussite de... qui vous savez.

— Nous vous serons reconnaissants, Monsieur l'ingénieur, et je serais très heureux que vous veniez à la maison un de ces jours, mon père serait flatté de vous connaître. Je vous montrerais, par la même occasion, le travail de mon camarade : une locomotive en réduction, grande comme ça, qui marchera à la vapeur.

Le vieux savant qui trottinait en direction du Palais

de Justice, s'arrêta net. Il posa sa main sur le bras du Grand Frisé et dit :

— Une locomotive en miniature, dites-vous ?

— Oui Monsieur, c'est un très beau travail, malheureusement ce n'est pas encore terminé.

— Mais je veux voir ça tout de suite ! Menez-moi voir ce travail !

Grand Frisé eut comme un geste de découragement, puis à regret rebroussa chemin.

Et voilà les deux hommes reprenant à rebours tout le chemin parcouru et remontant aux Chazeaux. Moisson-Desroches semblait voler. Comme un enfant à qui on a promis un jouet, il répétait :

— Dépêchons-nous, je veux voir ça !

A ce train, ils furent bientôt rendus à la maison Gagneur où papa Gagneur et l'oncle Hippolyte reçurent le savant avec empressement. Il les écouta d'une oreille distraite en disant : « Oui, oui », sans rien entendre, puis il s'écria :

— Où est cette merveille ? Voyons, montrez-moi ça !

Grand Frisé l'emmena dans l'appentis où, immobile, trônait la petite machine.

Moisson-Desroches leva les bras au ciel en silence, s'approcha de l'engin, les yeux écarquillés, sans prononcer un mot, puis il y mit les deux mains, toucha tous les organes, se baissa. Des mots passaient sur ses lèvres, comme des souffles :

— La boîte à fumée... les bielles... le foyer, la chaudière à tube... le régulateur... même le sablier !

Il lui fallut près d'une demi-heure pour tout voir, puis il se tourna vers Grand Frisé :

— Jeune homme ! Celui qui a fait ça est un maître ouvrier et un cerveau solide !

Papa Gagneur et l'oncle Hippolyte, sur le pas de la porte, écoutaient émerveillés.

— C'est un maître ouvrier, reprenait le savant et il faut être la IIe République pour fourrer des gens comme ça en prison !

— Certes, la Monarchie n'eût jamais fait ça, murmura l'oncle Hippolyte, flagorneur.

L'autre le regarda d'un air narquois puis, revenant à son idée et descendant quatre à quatre l'escalier, il s'écria :

— Oui, votre ami est un homme précieux et je vais de ce pas le retirer des griffes de la Justice.

Il traversa le couloir, ouvrit la porte, traversa le jardin et dégringola au pas de gymnastique la ruelle.

Sur le seuil, les trois Gagneur le regardaient disparaître. Lorsqu'il fut loin, ils hochèrent la tête :

— C'est un brave homme ! dit le Papa.

— C'est sans doute un grand savant, dit l'Oncle.

— Sans doute, répéta Grand Frisé, puisqu'il est polytechnicien... mais le jour où ma jalousie ne marchera plus, ce n'est pas lui que j'irai chercher pour la réparer !

V

Lazare, après interrogatoire, avait été transféré à la prison de Montluc d'où le bruit de la ville lui parvenait à peine. Il eut le temps de penser à longueur de journée, exercice auquel, en tant qu'homme d'action, il n'avait pas beaucoup d'adresse. Il y fit pourtant quelques progrès, mais le plus clair de ses insomnies se passa à évoquer, non sans tumulte, deux visages qui se livraient, en quelque sorte, une lutte sans merci.

Il voyait Céline, simple et chaste, gaie, franche et bon enfant et il évoquait les promenades avec elle sur la chaume et les fêtes de Sainte-Sabine, de Bligny, de Vandenesse, de Sombernon. Tout son pays, derrière ce visage entrevu, se levait avec ses lointains immenses, ses parfums, ses bruits, ses couleurs. Il entendait son patois. Il pensait que lorsqu'on a le bonheur de posséder un pays comme celui-là, il faut être fou pour aller courir ailleurs et se faire mettre en prison pour une bataille de grands chemins.

Il était tout près d'avoir des regrets ; c'est alors que le visage de Marie-Adélaïde Gagneur lui apparaissait, et Lazare pensait que tout valait la peine d'être abandonné pour rencontrer une fille aussi belle et aussi sourdement passionnée. Il se disait que cette femme-là valait qu'on méritât la prison.

Le plus souvent, il pensait, hélas ! à sa carrière, au Chemin de fer. S'il était condamné, tout son rêve s'écroulait, car les Compagnies n'admettaient pas de repris de justice dans leur personnel. Alors il quittait sa paillasse et à haute voix faisait, aux quatre murs de sa cellule, des discours qui, lancés d'une voix de tonnerre, faisaient résonner toute la vieille maison pénitentiaire de leur truculence bourguignonne.

« Au diable les femmes ! On en trouve à la pelletée ! Au diable Céline ou Marie ! A-t-on jamais vu pareil gnâulu qui, pour courir la France et conduire les locomotives, échoue dans un taborgnau pareil ? Un Denizot en prison, alors qu'on construit des chemins de fer ! Je donnerais toutes les fiancées, toutes les bonnes amies du monde pour avoir ma liberté ! Plutôt faire vœu de célibat et de chasteté à vie et reprendre le trimard pour chercher une locomotive qui veuille de moi ! Je donnerais toutes les amours des plus jolies pépées de la terre pour avoir la clé de cette serrure-là ! Et je fais le serment de me châtrer si on me donne tantôt la certitude de devenir un jour mécanicien. »

On le confronta avec plusieurs bateliers. Les uns ne le reconnurent point et d'autres le reconnurent formellement, un seul affirma que Lazare était le chef de la bande et qu'il s'était montré le plus acharné.

— Cet homme a avoué, disait le juge d'instruction en désignant Lazare, ce que je veux savoir exactement, c'est son rôle dans cette affaire.

« A quel titre a-t-il agi ?

Lazare s'écriait :

— J'ai bavardé en compagnie de quelques collègues et ces gens nous sont tombés dessus. Nous nous sommes défendus. Vexés d'être les moins forts, ils ont incendié les bâtiments de ma corporation. Je me suis trouvé entraîné malgré moi dans ce qui suivit. Je ne pouvais pas laisser attaquer ma corporation sans m'en mêler. C'était mon devoir de compagnon.

— La vengeance n'est jamais un devoir.

— C'est la règle des compagnons.

— Aucune règle ne vous fait obligation de noyer une femme et un enfant, mon garçon ! répliqua le juge. D'ailleurs vous parlez de votre corporation, or, vous êtes forgeron, « chaudronnier-taillandier », dit votre état civil et ces hommes sont des maçons, des terrassiers, des manœuvres ; ils ne sont donc pas de votre corporation.

— Monsieur le Juge, dit Lazare d'une voix forte, nous sommes plusieurs dizaines de mille occupés à construire ou à faire marcher le chemin de fer. Nous avons tous un métier d'origine, mais nous n'avons qu'une profession commune : c'est *le Chemin de fer*, il faudra que les gens, et même les tribunaux, s'habituent à cette idée-là !

— Je vous prie de modérer vos expressions, dit le juge qui ne ramena plus la question sur ce terrain.

Après l'audience, l'avocat de Lazare lui dit :

— Jeune homme, vous avez eu un beau mouvement oratoire qui fait honneur à votre race bourguignonne, mais vous avez commis une grave erreur, vous n'avez pas deviné que le Tribunal est hostile à la voie ferrée, qu'il cherche à soulever un scandale à mettre au passif de votre « Corporation », comme vous dites. De plus, ce que vous ignorez, c'est que tout cela a des prolongements politiques. De grâce, n'allez pas, par des paroles imprudentes, vous faire suspecter comme agitateur ! Le Tribunal cherche par tous les moyens à vous faire passer pour un agent provocateur. S'il y réussissait, vous seriez perdu. Continuez à soutenir que vous aviez bu et que votre geste a été irréfléchi et laissez-moi les effets oratoires, je les emploierai à meilleur escient que vous !

— Alors, maître, reprit Lazare, il faudra donc que je laisse croire que deux verres de beaujolais tournent la tête à un Bourguignon salé ?

L'avocat rit franchement puis répondit :

— Mon cher, en cette société, il vaut mieux passer pour un malade que pour un redresseur de torts.

— Possible, dit Lazare, mais moi, je n'y arriverai jamais.

— Allons, allons, vous êtes trop intelligent pour ne pas savoir tirer profit de la sottise humaine.

L'avocat avait raison. Le Tribunal, tout entier gagné à la cause de la batellerie, cherchait un provocateur pour faire passer l'affaire sur le plan politique.

On le vit bien le lendemain, lorsque le contremaître belge fut confronté avec Lazare. Les juges voulaient embarrasser le témoin et le pousser à laisser échapper une parole imprudente qui eût trahi une connivence ou une préméditation.

Le Flamand, très habile, commença par dire :

— C'est une histoire de boisson, Monsieur le

Juge. Tout le monde était saoul, moi le premier, et je n'ai rien vu que le feu de mon chantier.

— Corporation singulière ! dit le juge.

Lorsqu'on lui présenta Lazare, ce brave homme le regarda d'un air navré, plein de considération, puis lorsqu'on lui demanda :

— Connaissez-vous cet homme ?

Il répondit :

— Je ne l'ai, bien sûr, jamais vu !

— Pourtant il a participé à l'agression.

— C'est possible, mais cet homme-là n'était pas sous mes ordres. D'ailleurs son nom ne figure pas sur mes contrôles, Monsieur le Juge !

— C'est exact, mais il avoue avoir bu avec vous, un instant avant la bataille.

— C'est possible encore, reprit le Flamand, mais dans mon métier, on voit tellement de monde et on boit si souvent !

— De sorte que vous ne vous souvenez pas l'avoir vu prendre le commandement de ceux de vos hommes qui ont voulu venger l'incendie ?

L'autre leva les bras d'un geste d'impuissance :

— Que voulez-vous, Monsieur le Juge, c'était la pleine nuit, et je n'ai jamais vu un désordre pareil !

La confrontation s'arrêta là. Il ne fut question ni de la conversation de l'auberge, ni de l'argent que le contremaître avait donné aux fuyards. Il sembla que seuls les chefs d'accusation étaient les suivants : coups, blessures, manœuvre criminelle collective ayant provoqué la mort d'une femme et d'un enfant, mais sans intention de donner la mort. L'avocat certifia que les circonstances atténuantes paraissaient devoir être accordées. Par chance, la version de la provocation politique ne pouvait être suffisamment étayée.

Le jugement eut lieu à huitaine, il fut la répétition des divers interrogatoires et confrontations. Malgré une belle plaidoirie qui le présentait comme batailleur sans rancune, Lazare Denizot se voyait bel et bien condamné à deux ans de prison sans sursis.

Il fit belle figure pour sortir du tribunal, mais lorsqu'il se vit dans les quatre murs de sa cellule à la prison de Saint-Paul, il fit une triste mine et tout son courage tomba, car son espoir d'entrer dans la carrière rêvée, disparaissait.

Il se mit tout simplement à pleurer, reniflant, buvant ses larmes, se mouchant d'un revers de manche (adieu la coquetterie !) et il était à son centième : « Si j'avais su ! » qu'il se leva, la figure presque souriante, tout transformé, prêt à siffloter. Ne venait-il pas d'entendre, par sa mince lucarne, le sifflement tout proche d'une locomotive ? La prison, en effet, était au droit de l'embarcadère, dans la presqu'île de Perrache, et on n'accrochait pas un wagon dans la gare, que le bruit n'en parvînt au prisonnier. Dès ce soir-là, il s'étendit sur sa paillasse, les yeux clos, et passa le plus clair de ses premières journées à « voir avec les oreilles », comme il disait. Et les heures ne lui parurent pas trop longues.

Par l'ouïe, il assistait à tous les départs, à toutes les arrivées de convois, à toutes les mises en tête. Par le halètement et le roulement, il arriva à reconnaître le type des machines car, ainsi que les femmes, les locomotives ont mille façons de se singulariser.

Ces soupirs, ces frémissements qui lui parvenaient, lui faisaient comme une compagnie.

Il fit des remarques et des comparaisons, sut déterminer si le temps était clair ou chargé, sec ou humide, par la façon dont les échappements résonnaient dans l'air, et il ne mit pas longtemps pour reconnaître les mécaniciens dont chacun avait un coup de main spécial pour manier le régulateur ou pour activer le sifflet. L'un d'eux surtout qui, lorsqu'il rentrait dans la zone de la gare, modulait un petit trille délicat et subtil. Bien que ce sifflement fût destiné, sans doute, à prévenir une femme quelque part dans le quartier, Lazare le prenait pour lui tout seul. C'était le salut d'un collègue de la confrérie du Chaudron.

Enfin Lazare se reprit à faire des progrès dans l'art de penser et il en arriva à comprendre que, dans la vie de l'homme, le MÉTIER tient la plus grande place et qu'on prend beaucoup de soin pour choisir son épouse, ce qui est pardonnable, mais qu'on devrait en prendre deux fois plus pour choisir sa profession.

*

Par un après-midi de décembre Marie-Adélaïde Gagneur, descendant d'un fiacre, sonnait à la porte d'un riche immeuble du quartier des Terreaux. Elle était bientôt introduite dans un bureau où un homme encore jeune, portant favoris, l'accueillit d'un air glacé.

— Je vous ai dit cent fois, mon amie, qu'il était inutile de venir à mon bureau. Maintenant, permettez-moi de vous féliciter pour votre toilette, vous êtes délicieuse !

— Jean, je t'en prie, ne prends pas cet air d'homme d'affaires avec moi. Je viens te demander un service. Un ami de mon frère vient d'être condamné à la suite d'un malentendu...

— Tu viens me demander d'user de mon influence en sa faveur ? coupa l'homme en changeant de ton.

— Mon Dieu, oui, c'est un honnête garçon et...

— Voilà bien les femmes ! reprit le jeune homme en riant nerveusement. Comment ? La plus grande agitation règne dans le pays. On arrête les notabilités monarchistes et... républicaines. Le Prince-Président lève le masque, déclare l'Assemblée dissoute, en un mot tout signifie qu'il vient tout simplement de renverser la République... et toi, de ton petit air câlin, tu viens me demander d'intervenir pour un jeune homme qui avait trop bu !

— Mais, Jean, je ne savais pas que... murmura Marie.

— Tu ne savais pas quoi ?

— Que la République était en danger.

Jean se renversa sur son siège pour rire plus à son aise, puis, se tournant vers la grande glace où il se voyait tout entier, il s'adressa la parole en ces termes :

— Ce qui fait la supériorité de la femme, c'est qu'elle aime le travesti. Tout le temps qu'elle passe à se déguiser, c'est autant de pris sur les affaires, la politique ou la philosophie.

Puis se retournant vers Marie :

— Alors tu n'as rien vu, rien remarqué, rien entendu ? Tu es arrivée au 3 décembre 1851 uniquement préoccupée par la confection de ces robes charmantes, de ces guimpes délicates qui te font si jolie, sans t'apercevoir que tout se gâtait, sans entendre aucun des bruits qui circulaient sur Louis-Napoléon, notre cher Président ?

— Non, je n'ai rien remarqué.

— Eh bien, mes compliments. La mode te rend sourde, probablement, ricana l'homme.

— La mode... ou bien... l'amour ? murmura la jeune fille.

— Tu es trop aimable, ce mot me fait grand honneur.

Il y eut un silence. Marie-Adélaïde avait l'air ironique. Le jeune homme s'admirait dans la glace.

— Et quel est l'homme dont tu te fais l'avocate ?

— C'est un Bourguignon qui travaille à la construction du chemin de fer.

Jean fit la grimace.

— Son métier ?

— Il est forgeron-chaudronnier, il postule pour un emploi de conducteur de locomotive, mais il avait été obligé de s'embaucher comme terrassier, en attendant.

— Son délit ?

S'approchant gentiment de son interlocuteur, Marie lui prit doucement la main, s'assit près de lui sur le sofa et lui raconta l'histoire.

Quand elle eut terminé, il posa une seule question :

— Son nom ?

D'une voix bizarre elle répondit :

— Lazare Denizot.

Il en prit note, puis, d'une voix caressante :

— Je t'attendrai ce soir. Maintenant va-t'en vite, j'ai beaucoup de travail. J'irai à la Préfecture pour toi dans un instant.

Il se leva, embrassa la jeune fille et, alors qu'elle disparaissait derrière la portière, lui fit un petit signe d'adieu.

Il y avait de la passion, dans ce signe, mais de cette passion des vrais Lyonnais, tellement voilée par la pudeur, et tempérée par la raison, qu'il faut les bien connaître pour la deviner.

Lorsqu'il entendit se refermer la porte de l'immeuble, il sortit d'un placard un petit sac de voyage, un squarmouth bourré jusqu'à la gueule, ouvrit un tiroir à secret, y prit quelques papiers et une trousse de toilette.

En un instant il eut disposé sur la cheminée un nécessaire à raser. Précipitamment, au moyen de ciseaux, il coupa ses favoris, passa sur sa joue un morceau de savonnette et, sans prendre le temps de la faire mousser, commença à se raser fébrilement.

Sa joue droite était parfaitement nette et il attaquait la joue gauche lorsque la porte d'entrée fut ouverte brusquement. Trois hommes, vêtus de redingotes noires et de hauts chapeaux gris, firent irruption dans le bureau.

— Nous arrivons à temps ! dit celui qui portait à la boutonnière une énorme rosette de la Légion d'honneur.

Puis, se retournant :

— Monsieur Mullheim, banquier, c'est bien vous ? demanda-t-il.

— C'est bien moi. Que me voulez-vous ?

— Nous avons l'ordre de vous arrêter, voici le mandat.

— Mais enfin, Messieurs, reprit le banquier, pouvez-vous me dire la raison...

Il n'eut pas le loisir de continuer. Il fut happé par le collet, ceinturé habilement et, un instant plus tard, on voyait le groupe disparaître dans un fiacre qui stationnait depuis une demi-heure au coin de la rue.

Deux balayeurs qui tenaient conciliabule, penchés sur leur balai, les regardèrent du coin de l'œil.

— Hé, hé ! dit l'un, ça ne chôme pas la police, ce matin.

— Ça fait le troisième du quartier qu'on emmène en calèche, répondit l'autre en ricanant.

Dès que la voiture eut disparu au coin de la rue, les deux hommes, d'un grand mouvement lent, pareil à celui des faucheurs, se remirent à balayer en chantant de tout leur cœur.

Pendant ce temps, un peu d'espoir au cœur, Marie-Adélaïde remontait la ruelle des Chazeaux.

On conçoit que le banquier Mullheim ne pût pas user de son influence en faveur de Lazare. La gravité des événements qui suivirent empêchèrent également les démarches de Moisson-Desroches, qui, dès le matin du 2 décembre, se mêla aux groupes d'ouvriers, commentant les nouvelles, et fit deux ou trois visites à des amis. Malgré qu'il ne se fût jamais mêlé à la politique, il se réjouissait de la tournure que prenaient les événements. Il était devenu bonapartiste par amour de la vapeur.

Lazare, le pauvre, était loin de se douter que la IIe République venait de mourir et l'oisiveté lui pesait.

Il passait son temps à compter les jours qui le séparaient de sa libération. Il n'en comptait pas moins de six cent trente. Six cent trente fois plus, lui semblait-il, qu'il ne lui en fallait pour devenir fou d'ennui, faute de mouvement, faute de rire, faute de chrétien en compagnie de qui chanter, boire et plaisanter et il pensait, lui si orgueilleux et si jaloux de son indépendance, que la plus belle musique, c'est encore celle de la voix humaine.

— Bon Dieu, hurlait-il, que je voudrais voir une face d'homme ! Qu'on m'amène un tondu, un pignoufe, n'importe qui, mais que je voie ses yeux ! Des yeux bigles ou chassieux, pas d'importance, mais des yeux d'homme, avec une bouche qui puisse jaser ! Qu'on ne me donne, si l'on veut, qu'un méchant, un impossible, mais avec qui je pourrais au moins, de temps en temps, fignoler une bonne doublée à poings nus ! Jamais rien de rien ! Tout seul comme un pendu !

Puis il regardait sa cruche et son pain, son écuelle où, deux fois par jour, on lui versait des haricots à l'eau et des patates.

— Et pas une sauce, disait-il, et de l'eau si claire que mon ventre s'en regrigne !

La nuit, il rêvait de civet et de gruillotte de sanglier.

....

Quelques jours plus tard, le 11 décembre, il fut appelé à la cellule de visite où, par faveur spéciale, Moisson-Desroches l'attendait, en compagnie d'un gardien.

Le visiteur, en le voyant, leva les bras au ciel et lui

eût sans nul doute donné l'accolade s'ils n'eussent été séparés par une grille et surveillés par le gardien.

— J'ai vu votre chef-d'œuvre, jeune homme, c'est une pure merveille ! s'écria le vieux savant.

Il savait que parler ainsi à Lazare, c'était lui apporter plus qu'une consolation, mais le jeune homme hocha la tête en disant :

— Nous reparlerons de cela dans six cent vingt jours.

Il faisait allusion à la longue peine qui lui restait à purger. Mais Moisson-Desroches n'entendit pas cette réponse. Sa pensée revenait aux événements politiques, qui prenaient un tour favorable à ses yeux. Ses traits s'animèrent, ses mains s'agitèrent et il s'écria :

— Mon cher ami, je vous apporte une grande surprise ! La République est pratiquement renversée. Louis-Napoléon, après avoir fait alliance avec le parti monarchiste pour écraser le parti républicain, vient de se retourner contre le premier. Hier, il a réussi à se faire proclamer Chef du Pouvoir Exécutif, comme je le prévoyais depuis plus de six mois !

« Voilà une grande nouvelle qui comble les vœux de tous les serviteurs du chemin de fer, car vous ne l'ignorez pas, notre nouveau Chef a toujours été partisan de l'application et de l'exécution du plan de construction de 1842. Soyez certain que les grandes lignes qui doivent parcourir la France seront vite concédées et encore plus vite construites !

Le bon Moisson-Desroches, enthousiaste comme toujours malgré ses soixante-dix ans, oubliait qu'il était devant un prisonnier.

Lazare le laissait parler sans dire un mot. Pourtant, il lui demanda timidement des nouvelles de la maison Gagneur.

— Ils vont bien et m'ont prié de vous remettre un petit colis que j'ai laissé au contrôle et que vous recevrez tout à l'heure. Ils m'ont chargé de toutes leurs amitiés.

Moisson-Desroches allait se retirer lorsqu'il mit la main dans sa poche en s'écriant :

— Ah ! j'oubliais... Il est venu à votre nom un pli de Dijon. Je n'ai pas le droit de vous le remettre mais si vous permettez, et si monsieur le gardien n'y voit pas d'inconvénient, je vais l'ouvrir et le lire devant vous.

Le vieillard décacheta la lettre et dit :

— C'est une lettre du bureau d'embauche des chemins de fer.

Puis il lut :

« *Monsieur,*

« *Si vous postulez toujours pour un emploi de mécanicien, vous êtes prié de vous présenter à nos bureaux. Faute de l'avoir fait avant le 10 janvier 1852, vous serez considéré comme démissionnaire.* »

Les deux hommes se regardèrent.

Lazare laissa échapper un lourd juron puis se tut.

— Il y a peut-être moyen d'arranger cela, murmura Moisson-Desroches.

— Monsieur l'Ingénieur, il n'y a rien à arranger du tout. Je devrais être le 10 janvier à Dijon. Je n'y serai pas, vous le savez bien, puisque je suis en prison. La partie est perdue et je ne serai jamais mécanicien.

Moisson-Desroches le quitta en lui disant :

— Oui, oui, bien sûr, mais que diable, vous êtes jeune !

En rentrant dans sa cellule, Lazare, pour la première fois de sa vie, ne blasphéma point.

Il venait à peine de s'étendre sur sa paillasse, gonflé de sa colère rentrée, le poing serré, les mâchoires menaçantes, prêt à déclencher une de ces bruyantes fureurs qui faisaient la joie de tous les prisonniers, quand la porte de sa cellule s'ouvrit.

Le gardien habituel était accompagné de deux gardiens-chefs dont l'un tenait une liste et l'autre un gourdin.

— Lazare Denizot ! cria l'homme à la liste.

— Présent, répondit le détenu.

— Sortez et suivez-nous.

Encadré par les deux gardiens-chefs, Lazare suivit le couloir, descendit l'escalier et pénétra dans le bureau — un grand local sombre et puant.

— Lazare Denizot, 2482, cellule 43, c'est vous ?

— Oui, c'est moi.

— Déshabillez-vous.

Lazare fut bientôt nu devant ces hommes en uniforme.

— Faites le récolement de vos vêtements.

Une à une les pièces de la tenue de détenu furent vérifiées et mises en un tas sous les yeux des gardiens. Puis le fonctionnaire jeta un paquet ficelé et étiqueté en disant :

— Mettez vos vêtements civils.

Lazare se vêtit.

— Signez ici, dit le scribe en rayant un papier de son ongle sale.

Lazare voulut lire avant d'apposer sa signature.

— Plus vite que ça ! lui dit l'autre.

Lazare signa et attendit.

— Voilà votre porte-monnaie, veuillez vérifier la somme et donner décharge.

Lazare, un peu ébloui, signa encore une fois sans compter l'argent.

— Maintenant, filez, vous êtes libre.

Lazare resta médusé.

— Libre ?

— Décret présidentiel exceptionnel du 11 décembre, portant amnistie générale pour tous les délits de droit commun, punis conformément...

Lazare n'en voulut pas entendre davantage. Il suivit les gardiens qui firent lever les verrous, devant lui, aux trois portes. Et lorsque la dernière se fut refermée derrière lui, il était à l'air libre, sous le ciel lyonnais qui lui parut lumineux et doré. Dans la rue passaient justement des chevaux qui se rendaient au charrabarat [1] qui se tenait tous les samedis auprès de l'église Sainte-Blandine. Sur le talus, non loin, on voyait l'embarcadère du chemin de fer et, sous la marquise, le train, fidèle au rendez-vous, s'empanachait joliment de fumée. Les gens agitaient leur mouchoir et le Rhône, derrière les platanes du quai Rambaud, glissait, glauque et bruyant, vers les cieux méditerranéens.

Lazare, comme les enfants à la sortie de l'école, se mit à courir comme un fou du côté du quai, puis, lorsqu'il fut en vue de la ville et des collines, il leva les bras et cria de toutes ses forces :

1. Foire aux chevaux.

— Vive l'Empereur ! Vive l'Empereur !

Les joueurs de boules interrompirent leur partie en haussant les épaules pour regarder ce grand jeune fou qui courait en poussant des cris séditieux.

Lazare ne mit pas longtemps pour regagner le centre de la ville, non sans toutefois être entré chez un perruquier pour s'y faire raser de frais.

Au moment de s'occuper de sa petite barbiche, le coiffeur lui demanda : « Dois-je aussi couper la mouche ? »

— Diable non, s'écria Lazare, au contraire. Figurez-vous que le prince président vient de me rendre un grand service ; aussi, pour lui faire honneur, je veux porter mon poil comme lui. Taillez-moi donc la mouche comme la sienne.

Puis, aussitôt rasé de frais, la moustache provocante et la barbiche hardie, il pensa que marcher un peu, avant de monter chez Gagneur, lui dégourdirait les jambes et lui donnerait des couleurs. Il se mit alors à suivre les rues, les quais, à traverser les ponts, la chanson aux lèvres, lorgnant l'une, souriant à l'autre et trouvant tout beau, même les maisons lyonnaises, si tristes et si uniformes.

Il visita la ville avec des yeux nouveaux et remonta un peu la Saône, dans cette froide brume qui venait des Dombes et lui piquait le nez comme une moutarde.

Petit à petit, il sentait revenir tout son mordant et sa faconde, et déjà il se voyait arrivant à la maison Gagneur, se plantant devant Marie, la belle Marie dont il sentait encore le baiser chaud sur sa joue.

Noël était proche. La rue était gaie et animée,

malgré la brume. Lazare, lui, ne sentait ni le froid ni l'humidité, il marchait à grandes enjambées en sifflotant. Il s'arrêta au coin d'une rue et fit le compte de sa fortune puis il résolut d'entrer boire un vin chaud, à seule fin de se donner l'aplomb dont il avait besoin pour aborder celle qu'il aimait, car elle lui semblait si digne, si austère, si pure, qu'il avait peur de se troubler et ne pas mener son affaire aussi rondement qu'il le fallait.

C'est ainsi que l'idée lui vint de se diriger vers Sainte-Foy où la jeunesse d'alors allait s'amuser. Il y voulait liquider le peu qui lui restait, pour « faire peau neuve » et « secouer la poussière de ses sandales », comme on le disait dans la profession.

Chemin faisant, il vit s'allumer les lumières de la ville, ainsi que les lanternes des voitures. Tout cela faisait une fête pour lui qui, le matin encore, rongeait son frein dans un cachot. Il était tout émoustillé et lorsqu'il pénétra dans un café illuminé, sa jeunesse retrouvée le poussait à chanter et à faire scandale. Pourtant, pour la première fois de sa vie, il se contint. Un mois passé dans les griffes de l'Administration pénitentiaire lui avait appris à modérer ses gestes et ses paroles. Il savait trop ce qu'il en coûte de paraître violent.

Il s'assit donc d'abord, malgré qu'il se fût volontiers lancé dans le premier quadrille, et se prit à réfléchir.

Il avait trop pensé, en prison, pour revenir sur sa décision d'épouser Marie-Adélaïde. Il la jugeait intelligente, réfléchie, industrieuse, sérieuse et n'en voyait pas de plus belle. Mais, ce qu'il voulait, c'était agir en homme raisonnable. Non pas se jeter aux pieds de la jeune fille et lui demander sa main à brûle-pourpoint comme le ferait un blanc-bec ou un fou, mais lui parler sérieusement de l'avenir en lui montrant la lettre qui le convoquait à Dijon. Là-dessus, il se rendrait à Dijon, bien sagement, d'où il ne reviendrait à Lyon, pour son mariage, que lorsqu'il aurait touché sa première solde.

Agir autrement, pensait-il, n'était qu'enfantillage. Cette façon de mûrement penser et combiner ses actes devait plaire à la belle Marie qui, en somme, tout en lui donnant des gages de l'amour le plus sincère, était toujours restée prudente et réservée, ce qui était le signe d'une grande vertu. Oui, c'était bien la femme qu'il lui fallait et il reprenait, pour l'égrener, le chapelet de ses souvenirs et il se trouvait tout ému comme au jour du premier baiser.

Il en était là de ses pensées qu'un bel équipage à deux chevaux s'arrêta devant l'établissement. Deux hommes, en tenue de soirée, en sortirent et aidèrent à descendre deux jeunes femmes qui riaient aux éclats. Les quatre fêtards entrèrent dans la salle et, se faufilant entre les groupes, avisèrent une table non loin de Lazare. Ils s'y installèrent et commandèrent une bouteille de morgon.

Lazare n'aimait pas ces gens huppés, ces bourgeois embaumés ni ces femmes légères et bruyantes dont ils se font accompagner dans leurs plaisirs. Il feignait le plus souvent de ne remarquer ni leur élégance provocante, ni leur façon dédaigneuse de prendre part aux divertissements populaires.

Pourtant, le son d'une voix bien connue l'obligea à relever la tête et à dévisager, l'une après l'autre, les deux jeunes filles.

On le vit d'abord pâlir. Il se leva, hésita puis resta immobile, debout. Devant lui, pendue au bras d'un des noceurs, qu'elle cajolait de façon écœurante, il venait de reconnaître Marie-Adélaïde Gagneur, mais une Marie fardée, piquante, coquette, bien différente de la vertueuse jeune fille qu'il rencontrait impasse des Chazeaux.

Leurs regards se croisèrent. Aussitôt la jeune fille poussa un cri :

— Lazare !

Lui, ayant renversé sa chaise, s'avançait vers le groupe.

— Marie ! dit-il simplement.

— Vous... Lazare ?... Ce n'est pas possible !

Il haussa les épaules, et déconcertée, elle murmura pour dire quelque chose :

— Quelle agréable surprise !

Il ne répondait toujours pas.

— Comme mon père va être content, affirma-t-elle, la voix assurée.

Puis, se tournant vers l'homme aux favoris, elle dit, en souriant :

— Jean, voici l'homme qui vous doit d'avoir été amnistié : Lazare Denizot.

— Marie, cria Lazare plus fort que la première fois, vous vous êtes moquée de moi !

L'homme s'était levé.

— Que voulez-vous ? demanda-t-il à Lazare.

Le pauvre garçon répéta :

— Vous vous êtes moquée de moi !

— Je vous prie d'être correct avec Mademoiselle, dit l'homme.

En d'autres temps, Lazare aurait assommé ce

fâcheux, mais il avait déjà tourné le dos et marchait vers la porte. Le patron de l'auberge arrivait, rouge d'émotion. Lazare lui demanda :

— Connaissez-vous cet homme à favoris ?

— C'est le banquier Breitmayer, la haute banque lyonnaise.

— Et cette femme brune qui vient de se trouver mal, près de lui ?

L'hôte sourit d'un air gêné.

— Eh bien, c'est Zaza, sa nouvelle maîtresse. Avant, elle était l'amie d'un soyeux que Louis-Napoléon a mis en prison... Ah ! elle a eu vite fait de se consoler !... Mais je vous en prie compagnon, ne faites pas de scandale chez moi.

Lazare était déjà dans la rue. Il marchait à grandes enjambées. La colère grondait dans sa tête, non plus cette colère bruyante et violente de jadis, mais une colère douloureuse et muette, qui ressemblait à un désespoir.

Il passa la nuit à errer ; à cinq heures, il était chez Gagneur ; il fit son baluchon, donna un coup d'œil à sa petite machine en miniature, dont il fit cadeau au Grand Frisé qu'il embrassa sur les deux joues, puis il fit rapidement ses adieux et paya sa pension.

Comme il sortait, il entendit qu'on le suivait à petits pas. C'était Marie-Adélaïde qui le rattrapa.

— Lazare, où allez-vous ?

Il resta muet, continuant à marcher.

— Lazare, comprenez-moi !

Il pressa le pas, allongeant ses grandes jambes, et Marie-Adélaïde se mit à courir.

— Lazare, l'homme que vous avez vu avec moi a usé de son influence pour que vous soyez le premier à profiter de l'amnistie à la prison de Lyon... Il faisait des démarches pour vous faire entrer au chemin de fer de Saint-Étienne à Lyon... Vous auriez eu une belle place, nous nous serions mariés, Lazare, et nous aurions été heureux ! Lazare, j'ai tout sacrifié pour vous, bientôt nous allions récolter le bénéfice de mon sacrifice !

Lazare était prêt à la gifler, mais dans cette tête de Bourguignon, le sarcasme côtoyait toujours l'émotion ou la colère. Aussi, se retourna-t-il vers elle en lui disant :

— Et une fois mariée, ma belle, dites-moi, auriez-vous couché avec le boucher et le tailleur, pour faire une vie plus douce à votre Lazare chéri ?

Là-dessus, il tourna sur ses talons et partit définitivement.

— Lazare ! pleura la belle en s'accrochant à son bras.

Il pressa le pas. Alors Marie-Adélaïde remonta la ruelle.

*

D'un pas sûr, notre Lazare s'en allait bien droit devant lui. Il avait retrouvé son air crâne et, bientôt, il fut à l'embarcadère. Non pas celui du chemin de fer, mais celui du coche d'eau qui, de Lyon, était le seul moyen pratique de gagner Chalon.

Dans le petit jour, il vit, près du pont de la Mulatière, les feux du bateau, devant lesquels passaient les voyageurs. Il hâta le pas et il fit bien car le coche était prêt à partir. Lazare prit son billet pour

Chalon. Il lui en coûta 3 francs. Le départ eut lieu à 6 heures.

Il chercha une bonne place, près des machines, à l'abri du vent qui soufflait de la Savoie, et, bien enroulé dans sa bonne couverture de Mazamet, regarda défiler les lumières de la rive de Vaise. Le bruit régulier des aubes claquant l'eau berçait les voyageurs. Les uns, à l'abri dans les premières classes dormaient déjà. Les autres parlaient, accoudés aux bastingages, se montrant, dans le ciel pâlissant, les masses noires des monts du Lyonnais.

Puis ces monts disparurent et le vent se mit à souffler aussitôt que l'on fut sorti de l'abri de la Mulatière. On entrevit les lumières de Villefranche et, tout de suite après, le jour parut.

Lazare, bien protégé du froid, paraissait dormir. En réalité, l'œil bien ouvert, il voyait dans l'obscurité comme un chat. Il s'était placé du côté de la rive beaujolaise et, par-delà les monts, cherchait déjà la Bourgogne. Car c'était là qu'il allait. Ce qui l'attirait d'abord, c'était, bien avant Dijon où l'attendait le Chemin de fer, le village de Châteauneuf qu'il avait délaissé. Il voulait revoir le château, perché sur son larrey, sa petite maison couverte de pierres grises, son verger, au mur sec, et la ferme, la ferme basse où Céline vaquait à ses travaux.

Ce n'était ni un poète, ni un esprit chagrin. Une nuit avait suffi à nettoyer sa cervelle des souvenirs pesants de la veille ; le petit vent du matin d'hiver balayait les dernières brumes de souvenirs. Claire et sans regards en arrière, sa jugeote de Bourguignon allait son train :

— Je me suis fourvoyé, marmonnait-il, c'est

entendu ! Qu'avais-je besoin de renifler cette Lyonnaise qui m'a joué ? A-t-on idée de se dénicher une femme qui met des gants à trous, qui passe son temps à froisser la soie ? Un Bourguignon a-t-il idée d'aller faire des bâtards à une Lyonnaise qui ne boit que de l'eau ? Quels pauvres marmots ?

De temps en temps, Lazare se levait pour battre la semelle, puis, se rasseyant, continuait :

— J'ai perdu là du temps à gigoter autour de Mademoiselle Zaza ! Cuistre fieffé que je suis ! La bonne fille, la vraie, celle qui sera Madame Lazare, je sais où elle est. A cette heure, elle vient de se lever, elle allume le feu et fait cuire aux cochons. Ah, ce n'est pas celle-là qui va passer son temps à chatouiller la barbe d'un banquier !

Au fur et à mesure que venait le jour, Lazare avait les idées plus nettes et il y voyait dans son affaire aussi clair que dans la plaine de Bresse qui défilait sur le côté droit du bateau.

— Mais je suis bien puni, aussi, de n'avoir pas su rester raisonnable et cette prison a été une punition pour me ramener à la raison.

Il n'était pas arrivé à Tournus que le souvenir de Zaza avait disparu. Il l'avait balayé d'un revers de main, en disant :

— Elle n'était pas digne de moi, n'est-ce pas ? Alors n'en parlons plus.

Et il ne pensait plus qu'à son arrivée à Châteauneuf où il n'était pas revenu depuis bientôt deux ans.

Il se voyait déjà, à la réunion des hommes, au café du Glaude Gautherot, disant :

— Présentement, je suis mécanicien au chemin de fer.

Puis il imaginait son arrivée auprès de Céline :

— J'arrive non par la route, mais par le raidillon. Il est six heures et elle donne la pâtée aux poulailles. J'approche par-derrière et je crie : « Coucou, le voilà ! » Et il riait en sourdine en pensant aux exclamations, aux éclats de rire, aux embrassades.

Il pensa si bien à ce qu'ils diraient, puis à la demande en mariage, puis à la noce, et même à la nuit de noces, qu'il trouva courte la matinée et qu'il fut tout étonné d'être déjà arrivé à Mâcon, bien que la marche eût été ralentie par les grandes eaux.

Il était deux heures de l'après-midi lorsque le bateau repartit du pont Saint-Laurent. Le repas fut servi à ce moment à ceux des passagers qui en manifestaient le désir. Lazare sacrifia ainsi trois de ses neuf derniers francs. Il fit honneur au menu qui se composait d'un bisque d'écrevisses, d'un soufflé au fromage, d'une perche meunière, d'un civet de lièvre, d'un pâté chaud, d'une tranche de venaison rôtie, d'une fricassée de pigeonneaux, de tous les fromages des pays de Saône et enfin de pâtisserie, qu'un gâte-sauce était venu apporter à l'escale de Mâcon.

On arriva à Chalon dans la nuit. Lazare, bien qu'il ne vît rien du paysage qui est plutôt celui de la Bresse, se sentit plus d'aise à respirer car il savait qu'à main gauche se levaient des collines, puis des coteaux, puis des monts où se distille l'air le plus capiteux du monde.

Il levait son grand nez gourmand et lapait des grands coups d'air, comme les chiens de race en disant :

— Bon d'là, que ça sent bon !

Les joies ne lui firent pas oublier d'aller payer ses dettes à la grosse Thérèse, la Mère des compagnons. Lorsqu'elle le vit, elle s'écria :

— Te voilà mon bijou ! On te croyait perdu ! Voyons raconte-nous ça un peu !

Lazare accoudé à sa table, lui fît un maître récit.

— J'ai parcouru toute la vallée du Rhône, et, à Lyon, j'ai fait des affaires d'or. J'y ai fait aussi des amis : un ingénieur, des soyeux, un gros banquier, plusieurs juges avec qui j'ai eu de longues entrevues ! J'ai participé à la construction du port de Lyon. Et les femmes ! Ah ! je ne te dis que ça Thérèse ! Est-ce que l'une d'elles n'a pas couché avec un juif par amour pour moi ?

— Non ? disait « la Mère » en riant.

— Parole de forgeron !

Il but, jasa, mangea ; Thérèse effaça son ardoise qui était à peine lisible et, à six heures du matin, le cœur aussi léger que sa bourse, il prenait le train pour Dijon. Ah, ce n'était plus la locomotive qui l'intéressait ! Penché à la portière, le souffle coupé par la vitesse, il voulait embrasser le paysage. Il reconnaissait, au passage, toutes les granges où il avait dormi, tous les arbres sous lesquels il avait fait la sieste, au printemps 1850. Du diable s'il pensait à ses amours perdues ! Il eût voulu s'enfoncer dans le massif bourguignon, que l'on côtoyait sur la gauche, pour y retrouver sa Céline. C'était son deuxième voyage en chemin de fer, mais il n'y prenait pas garde, et ne s'occupait guère des gardes-barrières qui, les talons joints, le chapeau rond en tête, l'air solennel, le drapeau rouge à la main, semblaient rendre les honneurs à l'heureux convoi qui ramenait Lazare Denizot dans son pays.

Lui, l'œil tourné vers l'avant, citait à haute voix les noms des bourgades et des hameaux au fur et à mesure qu'il les découvrait au creux des combes. C'était non seulement pour se donner la certitude de les revoir, mais aussi pour entendre la jolie litanie qu'ils font, depuis Meursault jusqu'à Gevrey-Chambertin.

Mais, lorsqu'il aperçut le dôme vert de Sainte-Anne, les tours de Saint-Bénigne, la Tour de Bar, les clochers, clochetons, tours, tourelles, échauguettes, pignons, toits bariolés, gargouilles, girouettes, cheminées, meneaux, corniches, poutrelles, de la ville ducale, ce fut du délire et, le corps à moitié sorti du wagon, sa lavallière fouettant au vent, il perdit bel et bien sa casquette. Petite perte pour un si grand bonheur !

En moins de deux ans, cette ville avait beaucoup changé, tout au moins le visage qu'on en voyait depuis les remparts, où passait la voie ferrée, et lorsqu'il débarqua dans la cour des voyageurs, qui était fort bien pavée maintenant, il sembla à Lazare qu'un miracle s'était produit. Comme une pucelle qui brise les entraves et court à la rencontre du bien-aimé, Dijon-la-Savoureuse semblait avoir fait éclater la lourde et sévère enceinte de ses vieux remparts et, par la brèche ainsi ouverte, elle se précipitait pour venir contempler et caresser le rail qui allait la féconder.

Une cohorte de maisons se bousculait au droit de la porte Guillaume et se risquait jusqu'aux bords de la gare, au long d'une véritable avenue plantée d'arbres.

C'étaient, certes, des maisons de commerce et d'hostellerie, qui, en estafette, venaient prendre contact, mais c'étaient aussi des émissaires bien choisis puisqu'ils venaient offrir ses plus pures richesses, ses plus ardents et secrets trésors : la gastronomie et la chaude hospitalité.

La vapeur avait fait une faveur à Dijon en faisant un petit détour, pour la visiter, mais Dijon le lui rendait bien en lui tendant franchement la main, une main supportant un plateau garni de bonnes bouteilles, de rôts, de terrines, de cassis, de pains d'épice et de fruits confits.

Ce nouveau quartier n'avait peut-être pas la mine qu'il eût dû avoir, car, coiffé en partie d'ardoises, il était plus gris, moins chaud en couleur que la bonne ville et, en conséquence, en donnait une fausse idée. Mais Lazare n'y prit point garde et, gagnant le cours du Raines, traversant l'Ouche, il s'engagea dans la combe à la Serpent, en direction de Châteauneuf, en passant par Flavignerot, le col du Leuseu, les hauts forestiers d'Urcy et de Gergueil.

Il fit d'une traite ces trente-sept kilomètres ; porté par les ailes d'un amour d'autant plus vif qu'il avait été, pour le moins, inégal.

Plus un sou en poche, et finalement fort las, la barbe longue, les souliers crottés, il déboucha, au crépuscule, sur la friche de la Grande Vendue, en vue de son village qui se découpait sur le fond de neige du pays d'Arnay. Les petites fumées montaient dans le ciel gris, comme si rien ne s'était passé. Les maisons, bien fidèles, tenaient leur même place, modestes sous le château qui dominait cent kilomètres d'horizon.

Il dévala ainsi le ravin, remonta le larrey et contourna les vergers pour éviter la route. Il passa comme un voleur devant les écuries où il craignait de rencontrer les commis brouettant le fumier.

Le voilà qui tourne au coin du puits. Voici l'abreuvoir, le portail. Il entre. Il est six heures du soir. Il voit Céline debout devant le poulailler, qui porte une marmite fumante. Il traverse la cour. Le voici devant elle : « Coucou, le voilà ! » s'écrie-t-il, les bras ouverts.

Mais pourquoi Céline a-t-elle cet air effrayé ? Pourquoi pose-t-elle en hâte sa marmite pour s'enfuir en sanglotant ? Pourquoi ferme-t-elle, derrière elle, la porte à double tour ?

Lazare entend un grand cri, puis c'est le silence. Alors il reste immobile au milieu de la cour, les jambes molles. Un grand froid le prend par les pieds, il va à la porte et frappe à grands coups :

— Ouvre-moi, nom de d'là, Céline, c'est moi !

Il entend alors la voix du père, derrière lui :

— Quoi que vous lui voulez à la Céline ?

— Mais, Bon Dieu, c'est moi, Lazare, Lazare Denizot !

— Ah, mon pauvre garçon ! mais on ne t'a donc pas dit ?

— Dit quoi ?

— La Céline est mariée de deux semaines avec le François de Sainte-Sabine.

Lazare Denizot ne dit rien. Que voulez-vous qu'il dise ? C'est le vieux qui parle.

— Nous t'avons écrit, les lettres sont revenues.

Peut-être que les adresses n'étaient pas assez bien moulées. On t'a fait chercher par le Pignolot qui est gendarme, à Saint-Gengoux-le-National, personne n'a pu nous renseigner... Et puis enfin ta pie, Lazare, ta pie...

— Eh ben, ma pie ?

— Tu sais bien qu'elle buvait du vin comme un journalier ?

— Oui, et alors ?

— Il y a six mois, elle est morte.

Lazare fronça la moustache :

— Et alors, parce que ma pie est morte, ma fiancée peut épouser le premier venu ?

— Ne te monte pas, Lazare, mais Céline a dit : « Sa pie est morte, c'est qu'il ne m'aime plus ou qu'il est mort. Il ne reviendra jamais. »

— En voilà une chanson ! Qu'est-ce que la Margot vient faire là-dedans ? La belle excuse qu'elle a trouvée là !

Le père se tut un instant, le laissant dire, puis :

— Lazare, dit-il, mon ami, voilà deux ans que tu n'as pas donné signe de vie !

Sentant ses torts, Lazare se cabre.

Par une vieille habitude, il sent la moutarde qui lui monte au nez. Il prend un air terrible et le voilà lancé :

— C'est ça ! Pendant que je me crève à courir les routes de France, pendant que je travaille pour amasser un bon pécule (il n'a plus un sou) sans même regarder le talon des autres filles, Mademoiselle ma fiancée se laisse tourner autour et quand je reviens, les mains pleines, pour en faire une dame, je la trouve bravement accordée avec le premier jean-foutre venu ! C'est bien. Tant pis pour elle ! Je suis assez grand pour manger mon magot tout seul (fichtre je n'en aurais pas une grosse indigestion). Ne vous mettez pas en peine pour moi !

Et là-dessus, claquant son grand bec trop mordant, il monte à sa masure, retrouve sa clé sous la pierre plate, entre, pose sa balluche et son gourdin, et, d'un grand coup s'étale, sur son lit qu'il retrouve tel qu'il l'a laissé, sans drap, sans couette, dans son odeur un peu moisie. Et le voilà, jambes écartées, de quart en coin qui ronfle sans attendre comme un petit enfant.

Ayant retrouvé sa paillasse et son toit de maréchal-ferrant, il en avait aussitôt repris les habitudes. Après avoir dormi tout d'une pièce, immobile en travers du lit, roulé seulement dans sa couverture, il se réveilla avant le jour, le nez froid et la tête libre. Il fut debout d'un seul geste. Les pieds nus sur les dalles glacées, il gagna la porte, tira le vantail et, la chemise flottant au vent, regarda devant lui se creuser la vallée.

Il faisait encore nuit, mais comme on était en dernier quartier, la lune brillait dans le ciel laiteux du matin, en compagnie de trois étoiles presque effacées. L'hâle [1] soufflait dans un air glacé, en sifflant une chanson acide dans les branches.

Debout sur le seuil, Lazare huma l'air comme il l'avait fait, chaque matin, du temps de sa jeunesse, mais il ne philosopha point sur ses déboires.

— Trois jours de froid sec ! dit-il.

Et là-dessus, il se vêtit.

Lorsque l'angélus se mit à sonner, Lazare était

1. Le vent d'est.

guêtré-botté ; il regarda son enclume et sa bigorne, ses pinces, enfourchées dans la panoplie et, voyant son foyer mort, empoigna la commande du soufflet et, d'un grand coup, « donna de l'air ». Un jet de cendres froides monta comme une éruption et retomba pendant que la poulie de rappel grinçait tristement.

Lazare eut une moue :

— Peuh !... Maréchal de village !

Puis il tourna les talons et, fermant sa porte, monta « les ruelles » de son grand pas de loup affamé, en sifflant à se vider les poumons.

Son village lui parut tout petit et vide, comme une coquille d'escargot mort. Le petit jour y frissonnait, au coin de l'abreuvoir, et lorsqu'il passa devant l'auberge de Glaude Gautherot, il tendit l'oreille, mais les orateurs n'étaient pas encore là ; ils dormaient dans leurs couettes de plumes, comptant les coups de l'horloge et préparant leurs discours.

— L'histoire s'est faite sans eux, dit Lazare en riant, comme ma vie se fera sans Marie et sans Céline.

Il traversa la place, dans le but de monter sur la friche puis de gagner la clairière de Montrefesse pour serrer la main à cette grande charogne d'Alexandre.

Tout à coup il entendit rouler des pierres dans la ruelle.

Il se retourna et vit une silhouette qui cherchait à se dissimuler.

— Ma parole, cria jovialement Lazare, mais c'est toi mon Alexandre !

L'autre se rencogna davantage et resta immobile comme un pieu.

— Tu peux te montrer, gnaûlu, tu es vu ! reprit Lazare, mais l'autre ne bougea pas.

— Ça y est, beuzenot, j'ai vu ton bec de putois et on reconnaîtrait ton chapeau rond d'ici Arnay !

Et Lazare fit mine de monter le sentier en disant :

— T'as bonne mine, tu me prends pour une taupe !

Mais au premier pas qu'il fit, on vit l'autre bondir de sa cachette et sauter dans le jardin du père Landrot.

C'était bien Alexandre, mais un Alexandre furtif et farouche comme un brocard. De ses grandes jambes, il enfourchait les trognons gelés de choux de Bruxelles et bondissait par-dessus la clôture.

Lazare, en riant à pleine gorge, avait emboîté le pas :

— Ah, grande couleuvre, tu crois que je ne sais plus cabrioler, tu vas voir ça ! criait-il en courant.

Pourtant l'autre coupa au travers des chènevières, et, sans ralentir l'allure, se jeta dans les buissons. Lazare ne forçait pas, car il s'attendait à trouver l'autre au coin d'une cépée, le guettant pour lui faire quelque croche-pied, mais point. Il courait à se dérater, sans perdre son temps pour se détourner.

Lazare se piqua au jeu et se lança de tout cœur dans la poursuite en grommelant :

— Ça ! voyez-vous ce chien fou, en voilà une façon de recevoir les amis !

Ils traversèrent à toute allure le taillis de la Fontaine d'Argent, remontèrent la « Roche au pas » et se trouvèrent bientôt courant à découvert sur la frichotte de Saint-Julien.

Alexandre tourna court, dévala le chemin de charroi et s'engagea dans les surtaillis de la Marquise.

« Il m'emmène à sa cabane ! pensa Alexandre, mais il me paiera une bonne bouteille pour m'avoir fait courir de la sorte. »

Et l'autre courait toujours.

Trois cents mètres plus loin, il atteignait la clairière de Montrefesse, gagnait sa cabane et se verrouillait comme une sorcière.

La traverse de la porte venait à peine de tomber dans le crochet que Lazare tambourinait drûment du poing.

Il avait cessé de rire.

— Grande panouille, vas-tu m'ouvrir ? En voilà des simagrées ! Quelle figure tu peux faire à un conscrit ! Est-ce de rester au pays qui t'a rendu si bête ? Te voilà plus sot que tes sabots ! Grand carnaval, vas-tu l'ouvrir ton taborgniau ?

Il eut bientôt vidé toutes les plaisanteries d'usage et il se tut. Il écouta. C'était le silence des bois d'hiver. Alexandre était muet et immobile, à croire qu'il était mort.

— C'est la conspiration des portes closes ? reprit-il en changeant de ton. Mossieu dédaigne les gens de la ville ! Le château ne s'ouvre qu'aux aristocrates, probablement ? L'ermite fait une retraite fermée ? Ou bien prie-t-il pour le bien de l'âme des mécréants ?

Alexandre ne bougeait pas un orteil.

C'est alors que Lazare s'échauffa :

— C'est bien, je vais te faire voir comment on débouche un terrier de bête puante, blaireau de malheur !

Et il se lança contre la porte, l'épaule en avant, une fois, deux fois, trois fois, mais toute la cabane était faite de ces pierres et de ce bois, qui avaient servi à construire le château. Lazare n'y gagna qu'une bonne talure.

— Voilà que je vais me blétir à vouloir dénicher cet oiseau de malheur ! Tant pis pour toi ! Tu laisses passer ton Lazare sans lui offrir de ta piquette ? Garde-la, c'est qu'elle tourne à l'huile et ne vaut pas mon bec ! Bois-la donc tout seul, qu'elle te torde les boyaux et te flanque une courante de tous les tonnerres !

Il allait partir, mais il ne voulut pas quitter l'endroit sans jeter un coup d'œil par la lucarne. Celle-ci ouvrait son œil borgne sur un ravin, il fit l'escalade et se hissa jusqu'aux barreaux de fer qui la défendaient. Il put alors regarder dans la salle. Tout d'abord, il ne vit rien, puis, son œil s'accoutumant à l'obscurité, il fut sur le point de perdre l'équilibre et de tomber à la renverse. En effet, dans la grande salle encombrée de casseroles et d'outils, jonchée de copeaux et de brindilles, il vit, alignés sur les meubles, d'innombrables fantômes contorsionnés, des saints et des démons, des dames et des monstres, des vierges et des chimères, des nains et des archanges, des gargouilles et des serpents, taillés dans le bois des forêts, et, au milieu de ces êtres irréels, une forme noire, un homme assis, une figure butée, l'œil fixe, qui le regardait.

Lazare pensa :

« Il est fou ! »

Il s'adoucit alors :

— Mon Alexandre, mon petiot, c'est moi, ton vieux camarade !

Sa voix était presque tendre. L'autre cligna de l'œil, se leva, se retourna et reprit sa place sur son tabouret en tournant le dos délibérément. Il prit un morceau de bois, choisit lentement une gouge, et, comme si de rien n'était, se mit à sculpter.

Lazare descendit de son perchoir.

« C'est bon, je n'ai plus rien à faire ici. »

*

Au lever du soleil, on pouvait le voir s'éloigner à grands pas sur la route de la Grande Vendue, le baluchon sur l'épaule. Son pas claquait sec sur la terre gelée. Son haleine faisait un halo blanc devant sa moustache.

Il marcha pendant cinq heures, fit halte de midi à l'auberge Confuron, d'Urcy, reprit son sac et fit encore trois bonnes heures de route. Comme il débouchait au-dessus de Corcelle, à l'endroit où la vue s'étale à plaisir jusqu'à la trouée de Belfort, jusqu'au Mont-Poupey, et, encore plus loin jusqu'au Crêt d'Eau et au mont Blanc, il se régala l'œil sans vergogne. La paupière plissée, on aurait cru qu'il riait. C'est qu'il venait d'apercevoir au fond de la vallée de l'Ouche qui se creusait à ses pieds, le train de Paris, crachant vapeur, grondant tonnerre, qui, des hauteurs de Blaisy, dévalait vers Dijon.

On voyait, dans l'air clair et froid, les wagons gros comme des rognures d'allumettes, les uns rouges, les autres verts. Lazare nomma la machine, et sans avoir besoin de regarder sa grosse montre-oignon, sut qu'il était quatre heures de l'après-midi, car c'était le train qui le lui indiquait.

Étalée dans son creux, la capitale bourguignonne, rose de ses pierres, et rousse de ses toits, attendait le convoi qui se hâtait.

De las qu'il était, Lazare se sentit léger comme une chevrette. Il jeta en l'air bâton et casquette en hurlant sa joie de vivre.

Au fond de sa poche, ayant tâté un papier, il le sortit et lut pour la centième fois :

— « Si vous postulez toujours pour un emploi de mécanicien, vous êtes prié de vous présenter à nos bureaux. Faute de l'avoir fait avant le 10 janvier 1852, vous serez considéré comme démissionnaire. »

Il calcula :

— Nous sommes au six janvier. Demain, je me présente au bureau d'embauche et je monte sur les machines.

Il lui sembla être à l'aurore de sa belle vie, jamais rien n'avait été aussi prometteur et il se mit à courir en disant :

— Tout ça, vains dieux, vaut bien de perdre un camarade et deux bonnes amies.

Le 2 octobre 1952.

DU MÊME AUTEUR

Aux Éditions Denoël

JE FUS UN SAINT.

LES CHEVALIERS DU CHAUDRON *(Prix Chatrian).*

LA PRINCESSE DU RAIL *(Feuilleton télévisé).*

WALTER CE BOCHE, MON AMI.

À REBROUSSE-POIL.

LES YEUX EN FACE DES TROUS.

LE PAPE DES ESCARGOTS *(Prix Olivier de Serres).*

LE SANG DE L'ATLAS *(Prix Franco-Belge).*

LA BILLEBAUDE.

LES ÉTOILES DE COMPOSTELLE.

LES VOYAGES DU PROFESSEUR LORGNON.

LOCOGRAPHIE.

L'ÂGE DU CHEMIN DE FER.

L'ŒUVRE DE CHAIR.

LE MAÎTRE DES ABEILLES.

LE LIVRE DE RAISON DE GLAUDE BOURGUIGNON.

Aux Éditions Hachette

LA VIE QUOTIDIENNE DANS LES CHEMINS DE FER AU XIXe SIÈCLE *(Bourse Goncourt* et *Prix de la Revue indépendante).*

LA VIE QUOTIDIENNE DES PAYSANS BOURGUIGNONS AU TEMPS DE LAMARTINE *(Prix Lamartine).*

LES MÉMOIRES D'UN ENFANT DU RAIL.

Aux Éditions Nathan

LE CHEF DE GARE.

LE BOULANGER.

Impression Bussière à Saint-Amand (Cher),
le 25 juin 1992.
Dépôt légal : juin 1992.
1er dépôt légal dans la collection : septembre 1979.
Numéro d'imprimeur : 1880.

ISBN 2-07-037132-8./Imprimé en France.
Précédemment publié par les Éditions Denoël
ISBN 2-207-22595-10

56956